井迎兆 著

巨型水珠
DROPS

井迎兆小說選

自序

我並非多產的作者，只因大學讀的是中文，出國學的是電影，過程中，偶爾回頭寫作，只是寫得有點嘔啞嘲哳難為聽，只配瓜棚豆架雨如絲時，聊以自賞。昔日從文轉影，今則息影還文，這經歷還真有點奇特。這是我出的第一本小說集，在學文三十年之後。

我不認為我是那種能夠日日撰文，而且一下筆就文思泉湧，文章一瀉千里的人。但也不像王文興那樣字字珠璣、行文耗年的人。我自認比較是那種，心思簡單緩慢，只是偶爾有點狂想的人。所以，我的作品，應該也是常常淤塞，偶爾奔瀉的那種吧！我寫散文，新詩和短篇小說，本書收錄的作品以極短篇與短篇小說為主。寫作年代從一九八九年至今，內容主要是我生活的經歷，融合一些文學的想像編織而成，反映了我對人生的看法，以及我對文學的態度。我覺得文學是表現人生的器具，也是人思想與反省人生的方式。所以，只要能達意，我不太在意要維持特定的形式，只要能引人深思，行文目的就已達到。

近年來，因網路盛行，部落格發表，不但便利，而且圖文並茂。任何人只要能寫，就有發表管道。當然要別人願意看你的東西，以及讓別人能看到你的東西，就是個時間、文才、能力與技術的問題了。在這方面，我承認我是很笨拙的。我的部落格「小井觀天」，一天有超過十人的流量，就算是不錯的了。雖然，我的文才，能力與技術都不如人。但是，部落格給了我一個簡易的平台，使我能夠不斷地創作與發表，形式與內容完全不受限制，這才造就了這本書的出版。

本書的出版，首先，我要感謝我的太太，對我寫作的鼓勵，使我有勇氣能敝帚自珍，豁然出書。還要感謝秀威出版社的青睞，同意代為出版，使本書面世，竟成可能。另外，我要感謝我的姪女鄭真堯，一個繪畫的才女，為我畫的插畫（其實是我強迫徵選了她的畫），因我覺得她的畫跟我的小說搭配，有異曲同工與相得益彰之效。還要感謝鄭伊庭慧心編輯，為本書增添美貌讀趣。誠摯地希望在無意中看見本書的讀者，能有個愉快的閱讀經驗，若是不幸你被其中一篇的故事或文字給阻塞了閱程，請直接跳至下一篇吧。

最後，願你享受本書的閱讀，而且喜樂。

二〇一二年三月　井迎兆

壓抑與舒展——插畫家的話

觀看這些畫作，令我想起青少年時期一段心裡動盪不安的歲月，我感受到生命中存在著本質上的不公，學校生活像是一個永無休止的懲罰週期，友誼和人際關係是艱困的。作為一位生長在美國中西部的亞裔美人，我有種生錯地方的感覺。

藝術創作是我可以找到靈感、解放我的思想和感情的地方，並且能遁入一個不同的世界，在那裡我能根據我的想像力來控制結果。例如，如果我想要一隻老鼠能和一個氣球飄浮在空中，我就可以畫一隻老鼠和一個氣球漂浮在天空。如果我想要那隻老鼠戴著一頂紅色的帽子，並穿著一件藍色背心，那也是可以辦到的事。在藝術裡完成這些事，會比在真實生活裡容易多了。

大部分我畫的畫都是貓貓、狗狗等動物，動物一直是我最喜歡的題材。我認為牠們是最自然的希望攜帶者，即使在最嚴峻的情況下。牠們沒有任何意圖就可以顯得幽默無比，牠們能引發我們心中的熱情，也能激發我們的想像力。我也喜歡一些不協調和笨拙的畫面，因為那些不見得是正確的、自然的，或最好的事物，多能提供我們一種奇特和幽默的感受。

隨著時間的流逝，我的人生觀也和我的藝術作品一同演變。如今我帶著喜樂的心，回顧這些作品，它們永恆地展現出我生命中一段充滿意義的發展年代。雖然我的想法已經改變和成長，但我可能永遠無法從愚蠢的想法和滑稽的動物裡長大。

Thinking back on these paintings and drawings, I remember a time during the tumultuous days of adolescence, when I felt like life was intrinsically unfair. School seemed like an endless cycle of punishment, friendships and relationships were difficult, and I felt out of place as one of the few Asian Americans growing up in Mid Western United States.

Creating artistic projects was a place where I could find inspiration, release my thoughts and feelings, and also escape into a different world where I could control the outcome based on my imaginative desires. For instance, if I wanted a mouse to be floating with a balloon, I could draw a mouse floating with a balloon. And if I wanted that mouse to be wearing a red hat and a little blue vest, that is also very manageable. It is much easier to have this realized with art than in real life.

Most of my pictures that I draw are based on animals, cats, dogs, etc. Animals have always been my favorite subject. I think they are natural carriers of hope, even in the most dire of circumstances. They are humorous without meaning to be, they draw compassion from our hearts, and inspire our imaginations. I also like incongruent and awkward images because the things that aren't necessarily correct, natural, or the best that something can be, provide us with the sense of oddity and also humor.

As time has passed, my outlook on life has evolved along with my artwork. I look back fondly to this set of images which timelessly hold onto a meaningful developmental era in my life. Although my thoughts have changed and grown, I will probably never grow out of silly ideas and funny animals.

鄭眞堯寫於美國費利蒙市

二〇一二年五月十六日

巨型水珠

目次

CONTENTS

巨型水珠

飄零是一種離散的精神，其中缺少凝結的因子，因此，所有親密連結的事物，至終都歸於分離。

葉子枯萎就離開枝幹，細胞死亡從皮膚脫落，飄逸在空氣中，被秋風吹蕩，隨機而追撞，並趨於消滅，離開本體，解構本來樣貌，融合於塵土。那就是飄零，等於流浪，形成離散，終結於暫時的中止，並產生新貌。新貌等於死亡後的再生，帶著前貌的基因，但以新貌面世，像是剛脫殼的蟬。

陳守澤早晨醒來，並不帶有對上一個世代的記憶，只帶有這一兩天還圍繞在身邊的像水珠似的泡狀物的印象，連那些閃現的音像，都隨時會攪和分散，變得混濁，甚至透明，以致完全不見蹤影，透明的巨型水珠，就如消失了一般。

守澤醒來，並沒有意識到巨型水珠的存在，因為它的包裹是機動的，是隨著他身體的動作，一起變形，隨著身體的活動而移動。巨型水珠不會妨礙呼吸，雖然有時他感覺鼻塞，但那絕不是因著它造成的，多半是因為不潔的空氣，造成過敏的緣故。

守澤像大部分的人一樣，很少思想自己從哪裡來，為什麼存在這世界上這一類的問題。但是今天例外，他突然進入了這樣的思索。因為進入這樣的思索，有點好處；他想，那總比早晨醒來，發現自己變成了一隻甲蟲才開始思索這樣的問題好多了，至少移動起來要方便多了，不想的時候，還是可以下床走路，不用帶著大殼子爬行。想到這裡，他覺得自己非常幸運。

這個思索起因於前天下午，他和哥哥守壇的聊天。他的哥哥說，經過他前往大陸新疆、雲南、四川等地方研究查訪，並與考古學者討教發現，他們家族的始源是羌族。守澤有點驚訝，你是說我們的祖先，曾經征服過漢族，逐鹿中原，然後又被滿族征服，但現在流浪在台灣？他的哥哥帶著鮮明的笑意，跟守澤點頭，然後大笑。

巨型水珠頓時起了變化，裡面有風沙飛揚，亂石滾動，地大震動，萬馬奔騰。一棵夕陽中枝繁葉茂的大樹，以飛快的速度枯萎，葉子被風吹離了樹幹、樹枝、樹的本體，都成了飄零的細沙，滾動、捲動、像海底的魚群，聚得密密實實的，形成沒有固定形體的蛇，向四方擴散。他今天早上忽然有這樣的靈感。

所以他再專注地進入那水珠，他意識到，在他周圍是有水珠的，一個一直包圍著他又看不見的水珠。從聽見羌族這名詞，在做這種種族尷尬聯想的時刻，他漸漸感覺到水珠的存在。他看見一棵枯乾的大樹，逐漸縮小，地表乾裂，樹被地吸了進去，吐出一段段乾硬的化石木，然後，風沙颳來，化石木又全化成了沙，風又颳來，把它們全吹散了，又剩下乾枯的地表。

前天，他離開哥哥時，哥哥來電，他和家人仍在車站等車。

「把家人送走了，我的心裡有點難過！」哥哥守壇在電話中說。

鄭真堯／繪

「是為羌族吧！」守澤的心裡說，但沒說出口。他只是透過透明的水珠向外望著，來往的旅客像空氣一樣的飄著。

離散成為一種精神狀態，的確叫人愁。守澤起床後，帶著巨大的水珠，在客廳轉圈子，無目的的走著。那水珠似乎可以吸納並隔絕所有離散的精神，使它不來煩擾他。守澤在客廳散步時，他的貓「錫安」帶著一身淡咖啡色蓬鬆的長茸毛，隨著他的步伐，在他的腳旁，一同在客廳裡繞圈子，偶爾發出一兩聲「喵」的叫聲。

守澤同貓繞了幾圈後，錫安似乎覺得這樣繞下去不是辦法，就停了下來，自個兒臥在客廳的中心舔毛。守澤繼續走了幾圈後，帶著「看罷！跟不上了吧！」的感覺，在錫安身旁蹲了下來。用手愛撫了幾下錫安全身的長毛，然後雙手將牠從下腹部向上掂起，錫安的前後腿順勢向上下伸展，打了一個舒適的懶腰。守澤溫柔的將牠放下。蹲在牠旁邊問牠：「妳好嗎？妳好嗎？」

守澤的水珠裡，閃現出埃及金字塔，被做成木乃伊的瘦長又全身塗金的暹羅貓的形象。

麻雀物語

在一個炎熱的下午，太陽的光像刀子一樣地割著大地。我也像所有傷殘、無力且慵懶的動物般，躲在房子裡喘息著，不敢走到外面去辦事，因為怕炙熱的陽光把我的精華給吸乾，留下無用的皮囊。

我坐在窗邊望著窗外，陽光繼續用白熱般的放射線，在草地上掃射著，然後就定在某個點上，把放射劑量繼續加大，像微波爐一樣地激動著地上所有的分子。水分在無形中被蒸乾，地面呈現乾涸的紋路。幸好我是躲在屋裡，要不，我早已經被烤焦了。我有點幸災樂禍地看著地面上部分焦黃的草，思想著它們該如何度過這個夏天。

我望著白熱的陽光，眼睛有點花了，馬上閉起眼睛，看見內眼壁上有幾個大小不一的光點。再睜開眼睛，有幾個發黃的遮罩浮現在我眼前，我再度閉上眼睛，那些光點仍然存在，我只有繼續合著眼睛，等候它的消失。那段時間，我暫時處在失明的狀態。

就在我失明而恍神的時間裡，我聽見一對麻雀的談話。牠們的談話是那麼清晰，讓我懷疑自己的耳朵，是否真實的聽見。不過，我確實得到了下面的意念，如果我聽見的不是麻雀的聲音的話。

那對話是這樣的。

「你可不可以把音樂關小聲一點？」

「為什麼？」

「因為我想跟你說話。」

「不要把聲音關小，我也要跟你說話。」

「聲音不關小，怎麼說話？」

「因為我要聽。」

「你要聽怎麼說話？」

「可以！」

「這樣講話我不能專心！」

「我可以！」

「你可以，我不可以，要講話就要有誠意。」

「是你找我講話的，你得尊重我的感覺。」

「你也同意要說話的，你也得尊重我的感覺。」

「我需要安靜！」

「聲音這麼大聲怎麼安靜？」

「這就是我安靜的方法。」

「你是在排斥我！」

「不是！不要用你自己的感覺來想別人！」

「你不把聲音關掉，就是活在自己裡面，不懂得顧到別人的感覺。」

「我正在獨處！」

「你每天都在獨處！每當我想親近你的時候，你就像刺蝟一樣毛躁！」

「你還不是每天都在忙自己的事，你什麼時候關心過我？」

「你說這話讓我很傷心，我一直都關心你的感覺，怕打擾了你！」

「你為什麼不做飯？」

「我只有這餐不做，輪到爸爸做了！」

「……」

麻雀的對話，被街上傳來的一段輕快的音樂給打斷了。那段音樂好像是「刺激」的電影主題曲，那旋律由小變大，然後又逐漸地遠去。當四下

鄭真堯／繪

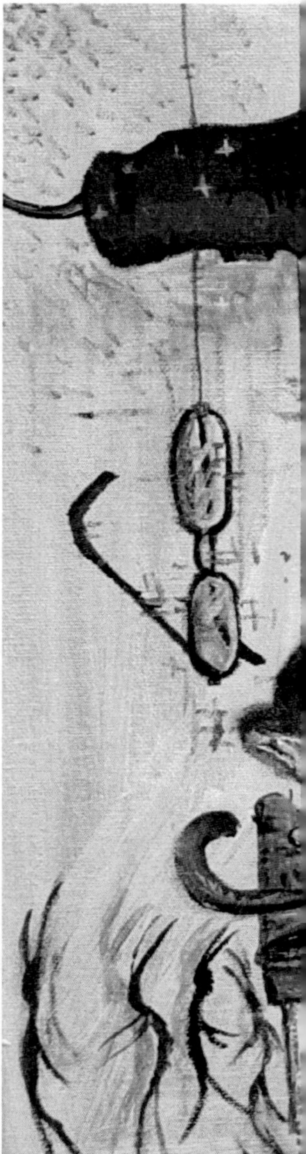

安靜後，我豎起耳根，想繼續聽那對麻雀的談話時，牠們的聲音似乎漸行漸遠，竟被突來高亢的蟬聲取代，喧囂的蟬聲擾得我耳膜有點陣痛，餘音揮之不去，就像殘留在我眼壁裡的光點一樣。我雖不在意別人的家務事，但麻雀怎會有如此人性化的對話？著實令我心頭一驚。頓時間，裡面有種靈魂被吸乾的空洞感覺。

我走出屋子，想尋找麻雀聲音的來源。我只看見一隻麻雀，停在籬笆上，背著我，向遠方望著，不時轉動著頭，不一會兒就振翅飛走了。我站立在屋簷下，無意間抬頭望見屋簷木板下牆壁上有個通風口，上面的鐵網邊緣有個洞，似乎因某種原因被挖開了，不知是施工的遺漏，或是被麻雀給鑽出來的。那個洞似乎存在很久了，而且清清楚楚地印在我眼簾裡。

陽光仍然熾烈得能讓你視網膜灼傷，只要閉上眼睛，曝光過度的白點就會顯現在眼壁上。我漠然地走回屋內，把門關上。

羞赧的樹妝

妳，多麼圓潤堅實的手臂，姣好秀麗的臉龐，散露黝黑陽光的氣息，叫人看了不免心疼，因妳大而有神的眼睛，像皎潔的月，盯著妳所深愛的愛人。

妳的愛人，瘦長纖細的身軀，像風一樣的飄忽，總是無法站定腳步，左右搖晃著。噢！不，是他的衣袖略長，在風中飄動。他身上的柔弱，眼中的憂鬱，激起妳的情緒，像水面波漪散開，竄流妳全身的血脈，使妳的心臟澎湃，有種莫名的衝動，需要做出某種無法理解的決定。

妳生長在偏遠的鄉村，沒有人知道的角落。妳天生的麗質，是上天的禮物，專門賜給妳的。但是妳卻看不見那禮物，不知道妳特有的素質，像稀世的珍寶，可貴的珍珠。妳將它隨意向世人展示，像不存在的紙泊漂浮在空氣中。但那稀有的氣韻，熠熠閃耀的笑臉，是怎樣都隱藏不住的，潔白裡透露著嫣紅。人們要不自覺地被妳難言的魅力吸引，正如夕陽時被豔麗的紅暈所塗染的天空，那般強烈。

妳收拾簡單的行囊，準備離開妳生長的家鄉，走向未知的旅程。妳是那樣的任性，有決斷力，像憤怒時用刀斬斷車前草那令人惱怒的糾纏和紛亂。妳的眼目拋向遠處的天邊，渴望著妳的愛人的出現。妳舉目眺望，妳的眼神，那樣堅定，即使有千萬的財富將妳挽留，妳都義無反顧，決定當日的出走。那日，妳穿上白色的婚紗，在荒郊野外，一片廢墟之中，像美麗的白色花朵，帶有露珠，在晨曦中閃耀著微光。

妳並不像卡門，那樣粗野狂暴。但妳也有她的慧黠和她的堅毅，沒有她的放蕩和淫亂。妳是純潔的，從心思到行徑，都像新鮮榨出青翠蘆筍的汁液，雖帶著些微的青澀，但使看見妳的人心神都要得著滋潤。妳走向愛人，用妳全部的意志和穩定的腳步，在含著碎石子的沙土上，踱著細嫩如雪的足踝。妳的腳踩在變化莫測的粗糙的地面上，有細碎的玻璃和生鏽的鐵釘。妳的眼睛設下目標，絕不偏移，那使妳的足履輕盈，踏在亂堆之上，像琉璃的海。

而妳的愛人，他是那樣的柔弱，帶著絲絲的不屑，壓抑著不悅。因為他太過忙碌，而且他已經有了家庭，對於這婚外的戀情，他感到無福消受，但是又不忍心拒絕。他只是拖延著，故意忘記你們的約定，在春天的午後。妳如約前往，等候著，妳耐心地等候著。妳矗立在風中，婚紗隨風飄起，薄

井迎兆／攝

紗遮住妳的臉，妳的堅韌剎時被沈重的悲傷取代，極力不去懷疑自己的犧牲。

終於，他來了。妳看見他盛裝的打扮，帥氣的儀表，帶著稚氣的眼神，心中歡喜欲泣。妳迎上前去，可是他一副不耐的表情，使妳大大的傷心，憤怒裡混合著恐懼。為什麼他會把妳忘記？為什麼他這麼不在乎妳的感覺？妳有許多感覺，想要跟他傾訴。妳的口像被堵住的堤防，隨時都可能決堤，就要像海嘯一般把他淹沒。最好如此，能夠以如陰間之殘忍的嫉恨，覆蓋衝襲妳的愛人的心田，把他溺斃，然後以妳溫柔的愛，使他復活。使他完全屬於妳。

所以，妳裝扮自己，在荒廢的大地裡顯得突兀，讓看見的人驚異。妳義無反顧，離開妳生長的地方，來追求妳的愛人。只是妳不知妳的愛人，心早有所屬。妳看見他懶洋洋地站在那裡，用「不要對我有任何期望」的表情看著妳。妳哭了，淚水像河流一樣從妳臉龐上流下來，弄濕了妳的臉頰。

今晨夏在我院子惹起的大事件

今晨，夏日的細胞無聲息地一夜間侵蝕了我整個院子。牠們非常狡猾而且飢渴，把我院裡樹的枯枝包裹，跟長苔一樣的完全覆蓋，以蠶食的方式，達到了鯨吞的目的。真的，今晨醒來，已經看不到任何咖啡色骨骸的痕跡，深夜所發生的巨響，疑似被凶殘巨大雷龍嚼碎吞噬之迅猛龍的大腿殘肢，一夜之間，離奇的消失，隱藏在侏羅世紀的斷層裡。總之，夏軍的攻勢已然進入癌症的第四期，癌細胞已經無可救藥的擴散至整個生物生存的空隙。

所以，我舉目所見，盡是盎然的綠，如綠的火焰，其熾熱的感覺，灼燒著我的瞳孔，延燒至我的全身。火焰的熱度甚至使色溫拉高至藍綠的程度，近乎白熱，引發了細胞重組與融合，產生了基因的突變，終至演變成一發不可收拾的綠巨人毀滅性災殃。我幾乎在不知覺的狀態下被侵佔了，從精神上的被征服，到肉體上感到溫熱熾燙，汗水奔流，然後立即乾涸成鹽，留下不可嚐的鹹味為止，全是在一種完全不知抵抗的狀態下被侵佔了。

我不知綠竟如此張狂而使我立刻乾涸，我本想在目視的第一瞬間就逃離現場，然而，說時遲，那時快，夏的火焰像火焰噴射器般地射向我，把我給固體化了，然後以冰晶雷射槍再度擊中我，使我像冰塊被子彈擊中一樣，整體粉碎。當我找回意識，綠細胞取代了我，像包裹枯枝一樣，改造了我。頓時間，我竟有綠色的瞳孔，發出綠色的光芒。呵！我的呼吸竟吐出綠色蒸騰的霧氣，而且，我不再感覺熱，反而有一種通體沁涼的快意。哈！我竟欲狂呼，冷熱難辨。

夏的進攻並未停歇，牠的兵丁不斷匍匐前進，滿地攀爬，反射金黃色的光芒，是牠變換的攻擊，致命的毒液，使我眼簾內幻化出原始星雲爆炸所起的綠黃雲朵，剎時千億光年，永遠如瞬間。我被這樣的景致麻醉，失去了戰鬥力，寧願與時間俱焚，與世塵羽化。牠終於侵佔了我的院子，我在牠綠軍沙塵風暴的席捲下，俯首稱臣，繳出我最後一項器械，就是我的理智。

接下來進入審判。得勝的綠軍仍然囂張，恣意妄為，遍地燒殺，消除一切攔阻之物。流浪狗像路邊乞丐似的臥倒在樹蔭下，以昏睡舉降。中暑的貓在屋簷下吐舌，虛脫地伸展四肢。溪裡幾隻大小不一的巴西龜，一動也不動地從水面露著頭盯著外面的情勢，準備一有情況，就竄回水底的淤泥裡。我陽台上的盆景，猶如被曬昏的龍中鳥，即將呼出最後一口氣息。

從一早就發生這樣的情事，我不自覺地被捲入戰事，至今仍然受困，等候救援。夏，我與你無敵，你何竟襲我？你有淫威要行，我又何辜受懲？你的行進，也許超出我的領會，我的虛無，仍須你的智慧扶托。我只有求你，完全把我頂替，使我感受你的偉大旨意，在今晨我的院裡，真實看見你的美麗。

老師，我發現你原來很高耶！

鏡頭一。

下課時，我坐起身，伸展一下身軀，有個女學生跑到教室的出口處，轉身對我說：「ㄟ！老師，我發現你原來很高耶！」

我還沒來得及有正確的反應，同學們就笑成了一團。

「ㄟ！妳怎麼這樣講，老師哪裡曾經矮了？」有同學答腔道。

「我是不高，我只有一百七十公分而已。」我尷尬地回答著那女同學的問話，心裡想著「是的，近幾年我確實沒有繼續長高」。

我猜想大概是因我上課的內容太枯燥了，以致把學生的注意力引向了我的身高，不知道他們是否也注意到了我的頭髮，確實比五年前更稀疏了。不，他們不會注意到這差別的，因為他們是在今年才第一次在課堂上見到我的，他們並沒有見到兩年以前的我，更別談五年前的我了。

其實，現在的狀態是，連我自己也看不見五年前的我呀！五年前的我，不會也不曾有過這樣深刻的假想或思索，到底在五年之後，我還能保有多少的青春，或是將失去多少百分比數量的頭髮呢？這樣的想法也許極為無聊，卻讓我不得不驚覺，自己是在持續不變的狀態中改變，在穩定如磐石般的時間長河裡，突然看見前後的微妙差異。即使是少量的失髮，也讓我怵目驚心，明顯感受到時間沈澱的巨大重量。

記得課堂上，我的學生談到日劇裡常用「跑步」或「奔跑」的畫面，作為劇情移轉的方式，或直接當作情節的內容。從她表情上看得出她有種憤慨的感覺，埋怨和激動的情緒從她的話語裡明顯地流露出來。在我腦海裡，馬上湧現一幅幅俊男美女的圖像，快速交叉地變換著。他們在街道上、在人群中、在旅館走廊上、在小巷中、在辦公室長廊中、在海灘上，帶著極度誇張的表情和急促的呼吸，奔跑著。景物快速向後推移，成為模糊的狀態。

「他們似乎是無目的地跑著，為跑而跑，有必要這樣嗎？叫個計程車不就得了！」那位語調裡帶著急切味道的學生說道。

也許奔跑能創造一種美學距離，使我們能體味時間的過程，注視時間的發展。以空間換取時間，好回憶過去的歷史，並思考未來的時光。當然，我並沒有把這意念告訴學生，因為當時我也陷在困惑當中。問題發生在時間之中，解答常在困惑之後。我並沒有解答，也不試圖解答關於使用跑步的疑惑，我只是感受到和學生的對談中，背後正有個無形的巨大齒輪，以我們感受不到的，像是地球自轉的速度轉動著，永遠無法被制止地把我們緩慢向前推移。不管是跑步，或搭計程車，時間都在消逝。當我們在消費戲劇時，世界也正以戲劇消費我們。

課程結束前，我勸那位學生可以把她的疑惑寫成一篇論文，至少我也對此問題感到好奇。

鏡頭二一。

二〇一〇年六月二十八日我開始跑步，就在我發現五年的光陰可以使我進入光年（光頭之年）之時，我決定開始和時間賽跑。不是為了肌肉、體魄、和參加馬拉松比賽的名次，而單單只為了能咀嚼時間的滋味，感覺呼吸的可貴，和操練身體機械的效能。在跑步時，藉著它所產生的痛苦，可以讓我感受到身體的存在感，和思索我生命的歷程，雖然它是個自願受苦的歷程，對我而言，還真是個欲拒還抱的弔詭情懷。

我每天固定時間會在我家的四圍，沿著山路慢跑。在跑步時，身體會進入激烈的運作狀態，思想也以相對活躍的動態奔馳，紛繁的思緒常在我腦中浮現，而多半的意念只像滴在河面上細碎的小雨滴，漣漪很快散開，然後便消失於無形，連滴落的所在處都隨著河流飄走。但僅有在每天會固定經過的一個點上，總是引起我同樣的情緒震撼。

應該至少是十年前吧，我家附近公園邊的一個涼亭，有個婦人在那裡上吊自殺了。聽說，她的先生來收屍時，悲抑異常，但是卻顯出木然的表情，也許是不知如何來反應這事，一時感到錯亂吧。我每次經過那涼亭時，總是用步行的，用我的思想，去想像那婦人絕望而瘋狂的意念、決定死亡，以及那憤怒的意志，在在都震動著我的胸膛。她死後，警方將已斷氣的垂掛在橫樑布條上的她，從涼亭上解了下來，小心地將她扶躺在地面上，為她蓋上白布。她的先生聞訊而至，跪在她身旁，呆滯地望著她的屍首，默默將她散亂的頭髮理順，淚水撲簌簌地落下。

鏡頭二。

有一年冬天，上課中間，有個學生跑進教室告訴我，教室外面的山中有彩虹，好大的彩虹。於是我們一溜煙地全湧出了教室，睜眼注目那橫跨兩山中間的彩虹，像一座彩色的橋。剎那間，我們都沈浸在高亢的情緒裡，各色相機的快門也啪噠啪噠地響著，直到彩虹漸漸消散。據說，彩虹是造物者留給我們應許的記號，那是極為美好的應許，它可以使我們對未來感到莫名的興奮，甚至充滿激情，那是它所能帶來的美好情愫，一種在我們心中長久缺乏的動力，像是美麗心靈裡的永恆陽光。那次的上課真是爽快，至今，我仍記得那年冬季，教室外，有一片清明的天，一彎為我們搭造的彩虹的橋。

十年前涼亭裡的死亡，和之後某年冬天教室外的彩虹，每每讓我想到生命的分歧與多義，有悲戚，有歡騰，有上升，有殞落，像透光的稜鏡，折射七彩的光譜，耀眼而多變。我們就是生長在這豐富多變，但又饒富意義的生命週期裡，在台北時而繁複，時而舒爽的天空下。

鏡頭四。

結束跑步時，我會放慢腳步，凝視公園邊的生態池，荷花與水草扶疏，有錦鯉游在其中，紅色波紋的韻律在水面下晃動。胸中頓然有種豁達的感覺，對未來似乎有種清楚的期盼；除卻死亡，尊重生命，擁抱傳統，擷取現代，以一種溫柔而寬和的態度面對成長與蛻變。

今年底，感謝我的學生，我發現我們都會長高。

跑步的故事

我持續著每天跑步的習慣，除非下雨了，或有特殊事情，如看病、買車或開會等事給耽誤了。

我每次跑步，都需要有股力量推動我跨出第一步。最初應該是意志吧，然後，就是靠著像命運一般的絞鍊推拉著我的身軀前進。我真的很好奇，村上春樹每天可以跑大約十公里的路，屢次參加全馬拉松比賽，還參加鐵人三項的比賽，最長的距離一天跑過一百公里的遠距。我很難想像，他是怎麼建立起這樣的人生目標和信念，並能堅持下去，而不致崩潰。

我每天跑步的路線，其實並不美麗，反而常會削減我跑步的意志，我把它當作磨練我的意志的功課，並且，希望儘量能從中找出形而上的意義。首先，我得從我家巷子跑出來，等一個紅綠燈，來到一個停滿了車輛的超市門口，過了十字路口後，我得穿過超市的前庭，繞過汽車、摩托車和腳踏車的停車位，來到一個圖書館的門口。圖書館的門口，有一塊凸出地面呈三角形的階梯，把行人道完全切斷。我必須跑上那上了年紀，有些斑剝和龜裂的磁磚的階梯，然後立刻從另端跑下來。

跑過了破損不平停車場的出口道，就進入一條狹窄但還算筆直的行人道。行人道的路邊停滿了車輛，另一邊則圍著一面高過人頭工地的圍牆，牆上印著美化社區的景觀相片和施工計畫圖。每隔二十公尺，就有一根電線桿豎立在行人道中央，擋住去路，行人或跑者需要側身閃過。地上有碎裂的地磚和水泥塊，偶爾有狗大便點綴其中。行人道的寬度，僅容兩人並肩通行，若有來人相會，雙方都需側身交錯而過。跑在其中，乍時會感覺像進入了「巴西」電影中如世紀末的頹廢場景，那樣的超現實。

停在路邊的車子，偶見有車窗不見了的，再不久就可見地上有碎玻璃顆粒散落一地，也有被拆下來佈滿龜裂紋路的車窗玻璃，倚靠在圍牆邊。再留意車輛那邊，會發現有幾輛車同時遭竊，車窗都遭受了破壞，車身上留下幾個黑洞，這為我的跑步過程增添幾許驚悚的氣氛。後來，我會把注意力轉向天空的氛圍。有時，觀察天色和雲的狀態，成為我跑步歷程中最大的樂趣。晴朗的時候，雲顯出自由的形狀，舒爽而澄澈。多風的日子，雲像用刷子刷過，向四方舒展的毛髮。另些時候，朵朵白雲像棉花糖一樣柔美。在夕陽的時候，太陽還會在雲上塗上一層橘黃的色彩，望著天空的情景，確實能為我努力汲取氧氣的肉體，增添一種解放的氣息。

經過有川流不息的車輛和摩托車陣的道路後，再度轉進巷子。那時，我會遇見幾個巷子裡的居民，或者是行人，他們多半無視於我的存在。雖然，我從他們身邊經過，感覺上，我好像是從他們身邊吹過的一陣輕風，在記憶裡不會留下一絲的痕跡。我只是個努力呼吸的過客。

然後我來到山邊，路途開始向上陡斜，我需要用更大的腳力來奔跑。呼吸會略加急促，我會試著安慰自己，不要急，一步一腳印，你會達到終點的，只要你不著急。我沿著山邊的道路奔跑，因我是靠左前進，所以得避開停在路邊的車輛（它們搶了行人的行路權），沿著快接近道路的中心跑著，隨時躲避前方與後方來車。右邊山壁，有時可以看見日據時代的防空洞。這樣跑了一段日子後，有一天，我看見一輛車子駕駛座旁的窗子上，裡面貼了張告示牌，上面寫著「本車已遭過盜竊，沒有貴重物件，請手下留情。」好像並沒有寫上感謝之類的話，如果有的話，我除了會對車主的幽默感到讚嘆，另一方面，也會對現在社會的道德混亂感到絕望。

繼續跑過一段有住家與停車的路段後，來到山邊一個像荒廢的宅院的地帶，沿路有些廢棄的建築，裡面住了些類似社會上遊民之類的人們。他們

鄭真堯／繪

將山坡地種上了蔬菜，簡單地用竹竿做了圍籬。有時他們在戶外生火，煙霧嗆鼻。多半時間並不見人影，有時我會看見他們坐在路邊吸煙。暑夏的空氣，常混雜著帶腐臭氣味的熱浪，時而鑽進我的鼻息中，我得摒住氣通過那難熬的剎那。

最後的路段，是一片高級住宅區。偶爾我會遇見和我交會而過的慢跑者，年紀與體能狀態，似乎都與我相當，我們會打個招呼，或會心的一笑。社區的警衛，看見我通過時，會跟我寒暄：「跑步啊？」我喘得只能點頭回應，並快速通過。到了我設定的終點，我疲累地停下，改成慢走，往山下方向走去。如顆粒狀的汗水不斷從我的皮膚裡湧出，我兩手持續揮汗，心想著，真好，完成了今天的工。

天色通常這個時候會暗下來，偶爾會遇見幾個社區裡的朋友，下班後正走進自己家的巷子。他們用一種似曾相識「啊！你竟有時間跑步」似的，但又有點讚嘆我的行徑的眼光看著我：「跑步啊？」「對！」我用稍能喘得過氣來的聲音回答。

我不知道我還能跑多久，但每天像使命一般地做著跑步的事，確實給我多出一段激烈冥想的時間與空間。暑夏的氣息，終究要轉成寒冷的氣流。繁忙的車道上規律地出現穿流的車輛，一位摩托車騎士，在等紅燈時趴在車把上小睡。風把被棄在行人道上的塑膠袋吹了起來，飛向不確定的空中。熱氣流和冷氣流交換著領空，為下一個運動醞釀著機會。一隻虎斑的野貓打算穿過街道，伸長著牠的頸子，等候著來車的通過。還有許多，許多不可知的動作，隨著夜色的來臨，正悄悄地醞釀著。

渾噩

在喝了三種酒後，大家都醉了。

主人最醉，兩個客人次之。在預備回家前，其中一人在主人客廳中踱步，見到牆邊倚著一把劍，旁邊有一根拐杖。他拿起劍端詳，隨後開始讚美，主人聽見就問：「喜歡嗎？」客人猶豫了一下說：「喜歡。」主人說：「送給你了。」客人雖客氣了一番，最後還是答應收下。出門前，主人拿起另一把拐杖，用手從握把一拔，竟是利刃一把，問另一位客人喜不喜歡，另一位客人猶豫了一下答：「喜歡。」「喜歡也帶走。」主人豪爽地回答。

兩個客人一人拎著一把長劍，一人握著一根藏著匕首的拐杖，深夜裡走在冷颼颼的街上，有點驚怕警察會路過盤查他們如此可疑的行徑。在夜深人靜的路上，持劍握刀趕赴何處？刀劍從何而來？在醉意賁張的狀態下人手一把殺人武器？他們很快地把劍和拐杖放入後車廂，然後頭也不敢轉地鑽進了車子。開車後，一輛警車像鬼影般地從他們的車旁開過，兩人嚇出一身冷汗，因為都知道酒醉駕車再加上攜帶武器的情況若被發現，會叫他們吃不了兜著走的。

鄭真堯／繪

第二天中午，主人酒醒了，完全忘了昨晚發生的事。他打電話到這兩位客人的住處，說他的劍和拐杖刀不見了，接電話的客人回答：「你昨晚送給我們了。」主人十分鐘後就出現在客人的家中，把他的劍和拐杖拿回去了。仍在睡中的客人後來醒來，得知這樣戲劇性的發展與結局，呆愣了好長一段時間，遊蕩在醉與醒之間。

買房子

三個人熱中在買房子的事上已經忙了一段時間，只要有時間就開著車四處shopping。

今天他們開著車，照著listing，一間一間地看，每當看見一棟可能的夢想屋，就會駐足觀看，品頭論足，互相辯論，總是希望在房屋造型、地點、使用便利性以及售價上，都能通過他們辯論評估，一定要其中兩人都認為合適，他們才會進門看看內室。就這樣他們折騰了一個下午，沒有進入任何一間房子觀看，因為總是會有讓兩人不滿意的因素。

終於，他們來到一間，論房子本身與房價都算滿意的房子。為了慎重起見，他們其中兩人，就是真正要出價買房子的兩人，還站在房子的門口，為房子的各樣條件，又仔細地商討了一遍。

他們決定進房看看內室。

第三位是個陪同的朋友，他在過程中也表現出相當程度的熱中，因為買房子這樣行動實在太吸引人了，不像是買麵包那樣簡單。光是聽見這件事，就讓他怦然心動。當主要的兩人決定要進入室內一觀究竟時，這位陪同的人興奮地跑到院子的前方，意圖瀏覽一下這棟可能的夢想屋的全景，他無意間看見院子前方插著一個廣告牌，在牌子上貼著一張更小的牌子，上面印著紅色粗體的字「Sold」。

太陽已經斜斜掛在屋子後方，空氣中宛如敲著喪鐘，三個人默默地走向他們老遠停車的地點。

接電話的故事

我住在妹妹美國費利蒙的家中時，看見一個有趣的現象。

我的妹妹不擅言詞，除了畏懼與人溝通之外，更懼怕拒絕人，總怕傷人。所以，在家中接久了廣告和推銷員的電話後，就開始用答錄機來應付所有的來電，一定要聽見是自己認識，並可信賴的人聲後，才敢接起電話來應答。

孩子長大後，接電話的事，就逐漸成了孩子們的工作。大的孩子因與母親年齡稍近，性情也就相近，對於接電話也是興趣缺缺，不擅言詞。但較小的妹妹和弟弟就不同了；他們各有一套應答之術，應付起來絲毫不費吹灰之力。

每次電話鈴響，較小的弟弟總是一馬當先，衝向電話座去應答。他似乎喜歡接電話，把與人對談當成一件樂事，在旁的父母與姊姊也都樂見其成。他的答話相當簡潔而有效率。

當電話接起，對方會問：「請問王復生在嗎？」

「他不在！」

「我可以和這家的主人說話嗎？」

「他不在！」

「你知道他什麼時候回來嗎？」

「我不確定！」

「喔！謝謝！」

「不客氣！」

喀！電話掛斷了，對話也就結束了，在很短的時間內，就解決了我妹妹可能要耗上十分鐘的對話，還要累積一肚子的不暢快感。

比他稍大的姊姊有更奇特的招式，當接到不速之客的電話時，她會用日語與對方談話，日語的內容事後經她翻譯是：「你好，我聽不懂你說什麼？我不會講英文！」對方會在很快的時間內結束談話，並掛斷電話。

事後，我聽妹妹說，她女兒的老師在拒絕人的招術上，有更令人驚奇的表現。那位老師在接起不願接到的電話後，會先以日文跟對方講話，在發覺對方也會日文後，馬上改用西班牙與和對方交談，但不一會兒又發現對方也會講西班牙語後，立刻改用德語和對方說話，終於，「喀」的一聲，對方把電話掛斷了。

在這樣高度商業化和資本主義的社會裡，面對為追求利潤而緊迫盯人的推銷人員時，沈默而老實的大眾，似乎找到了令人意想不到，並很有效的應對與生存方式。

有禮貌的老人

我在小南門捷運站等車時，有個老人從我後方靠近我，跟我問路。

他一邊講話，一邊用手比劃著，我可以感受到他迷路了。但是，他的聲音沙啞，完全無法震動空氣，我雖儘量把頭靠近他的臉，想聽清楚他說什麼，但聲音竟總像是在正要抵達我耳朵之際，就像被什麼消音器給截取而完全消失了似的，讓我懷疑我的耳朵的功能有問題。在我盯著他的嘴形，極力聽取他的發音後，我終於明白他要去哪裡。

「淡水，我要去淡水！」他在試了幾次，看見我無法領會他所說的話，就用了一點更大的氣力說。在我恍然大悟他要去哪裡後，我如獲重釋般地鬆了口氣。

「我也往那個方向，我帶你去。」我說。那老人笑了，和我一樣如獲重釋，笑容像春天的陽光一樣燦爛。

他穿著一身黑色的西裝，戴了頂黑色圓邊禮帽，裡面穿著淺藍色的襯衫，沒有打領帶，個子嬌小，左手拎著一個黑色紙袋，帶個老式的手錶，右手拿著一根短短的枴杖，看起來有一點老態。

「有一次我在捷運站裡找路，找來找去，找了三個小時，累死我了。」他繼續說。

這時，我突然想起我的父親，有一次他也曾跟我提起在捷運站裡的一個經歷。在台北捷運站裡，父親為了尋找轉乘的地點，在行動不便的狀況下，整整蹉跎了一個鐘頭。我還記得父親當時說話頹喪的表情。就在當下，我好像可以感受到那位老人的迷惑與頹喪，和我父親當時所傳達的感受，幾乎是一樣的。

「你出來辦事嗎？」我對他的外出開始有點好奇地問。

「沒有辦事，只是出來走走，在家待久了悶……。」

「我就只是坐車到新店，然後再坐回淡水，純粹散散心。」

「我兒子不讓我出來，怕我走不回去，但我還是要出來……。」

「我跟我太太輪流出來，我出來，她就不出來。她出來，我就不出來。」他連續而熱絡地跟我說著。

不久，車子來了。我帶他先到了中正紀念堂站，在那裡等候前往淡水的車子。就在等候車來前短短的幾分鐘裡，他使著濃重的鄉音，以及微弱而沙啞的聲音跟我說話。我儘量靠近他，聽他說話，好明白他說些什麼。但是，他說的話，還是有些部份我聽不懂。不過在我仔細揣摩，前後推敲，與努力辨識之下，我大約明白了他所說的內容，大概如下：他今年九十二歲，有六個小孩，最大的孩子有七十歲了，最小的也五十幾歲了，其中有一個小孩還得了老人癡呆症。他的老伴還在，也已經九十幾歲了，他們約好了，誰都不可先走，所以他們可以一齊活到這個歲數。我聽了有點吃驚，他本人已經九十二歲了，而且他的妻子也還健在，這竟是因為他們彼此間有強烈需要信守的誓言之故，就是他們約定，誰也不可先走。真不可思議，但真夠甜美的。

又不久，往淡水的車子來了。我帶他上了車，車上剩下一個空位，我扶他走向那個位子，我們停了下來，我預期他會坐在空位上。但他竟轉過身跟我說：「你坐！」

我嚇了一跳，馬上回答：「你坐，你坐！」他聽了我的話後，好像覺得有點道理而坐了下來。他的讓位，在眾目睽睽之下，真讓我虛驚一場。我一時頗為詫異的原因是，一位九十二歲的老人，竟要讓座給我這位年僅半百之人。我如果真的坐了下去，我很難想像，周邊的人會作何種想法？也許我們兩人真能為金氏記錄開創兩項新的紀錄項目呢！即年齡最高的讓座者，以及最寡廉鮮恥的接受讓位者。

老人坐下不久後，遠處有個乘客站起來下車，老人示意要我去坐。我很有禮貌的告訴老人說不用了，等一下到了台北車站，自然會有位子可坐。所以，我仍然站在他的旁邊，其實我是希望陪在他的身邊。畢竟，這麼大年記的老人，隻身在外，還是有人看著比較安全。台北車站到了，確實有許多人下車，位子就空了出來，老人看見我旁邊有個空位，立刻示意要我坐下。他還真的很關心我有沒有位子坐呢！

我照著他的意思坐下後，心裡總算有點安息，不用再擔心他對我有沒有位子坐的憂心了。他看見了我有位子坐後，好像也得到了安息。真是一位有禮貌，又體貼的老人啊。車子行進間，我偶爾轉頭望著老人，他上半身捲曲似坐似臥地背靠在座位上，頭微微向前傾著，似乎進入睡眠的狀態中。窗外的風景飛逝，光影輕輕灑在他的身上。

在抵達淡水的半途中，我的終點站到了。下車前，我走到他身邊，彎腰跟他道別。他並沒有睡著，也許知道我要下車而提前醒來，他很有禮貌地身出手來，跟我握手。他的手，骨感纖細，有著微微的溫度，皮膚非常滑嫩。我踏出車廂，走了一段距離後，似乎仍然感覺到我從他手中所接受到的溫熱，在我身體裡持續蔓延著。

旅行

車子在高速公路上馳騁著，已經好幾個小時。

披頭四的歌曲重複播放了好幾遍，中間曾經插入和披頭四相距二十年的英國流行樂團的音樂，以及台灣製作的福音歌曲。車上有一家五口、和他們一同旅行的一位十來歲的保加利亞女孩，和一位已過中年的台灣親屬。一家五口的成員都有一頭茂密的黑髮，保加利亞女孩有一頭略微捲曲的披肩黃髮，這位親屬則有長著若不近距離仔細注視則看不見的汗毛的發亮頭殼。他們坐在一輛箱型車內，車子滑行在被黃毛般的茅草覆蓋的丘陵上，路向地平線無止境地伸展著。

坐在司機後面窗邊是喜歡英國樂團音樂的大女兒，大學剛畢業。她是個相當文靜的女孩，長得跟她的父親有點相像，皮膚有點黝黑，戴個棕色邊框眼鏡，眼睛像她的媽媽，小小的，從眼鏡後方露出探索並耐心等待答案的眼神。鼻子嘴巴都像她爸爸，圓潤且比例較大。她在車上很少說話，大部分時間都在專注地看書，或研究她的相機。二女兒坐在中間，是家中比較健談的，長得像個東方娃娃，丹鳳小眼，帶有靈氣，眉毛纖濃，五官勻稱，長髮打了個髻綁在後頭。身子有點微胖，其實也不能說胖，算是蠻健康的豐

井迎兆／攝

滿吧。坐在她旁邊的保加利亞女孩，和二女兒同樣的年紀，六歲時隨父母移民美國，是二女兒邀來一同出遊的從小知交。一路上，她們二人持續聊天，像春天的麻雀在人們已然休憩午後蔭涼的屋簷下放任地鳴叫，愉快的氣氛像鳥兒正啄食散落在地上的穀粒，那樣的不虞匱乏。

那位保加利亞女孩和二女兒都是剛剛高中畢業的妙齡少女，她們一上車就做兩件事，第一件事是請前座的人把音樂聲開大，第二件事是繼續聊天，偶爾下下吸鐵的象棋。保加利亞女孩雖已在美國住了十幾年，等於是在美國受教育和成長的，但她的英文中似乎仍帶有濃重的波西米亞口音，她每說的一個字，開頭總是有加強語氣的味道，說話時頭也會跟著不自覺地擺動，以呼應她說話語氣的抑揚頓挫。乍看之下，她和一般美國女孩長相沒有兩樣，她有棕灰色的眼睛、黃髮和白皮膚。畢竟美國人大體都是歐洲的移民啊！不過，若你知道她是東歐移民後，還是會發現一些她和一般美國女孩不同之處。比如，她也很節省，沒有一般美國人的嬌氣，她可以跟著這一個中國家庭一同旅遊，進行非常節儉式的自助旅遊，沒有高等的住宿和高級的餐飲，只有自製的三明治可吃，沿路上只有三片音樂ＣＤ（其中一片還是中文的）可聽的座車。在那三片ＣＤ輪轉了三次以後，她仍然沒有抱怨。每次上車後，她總是提醒前座的人把音樂聲開大一點。

在車上聽音樂可說是他們旅程中最大的娛樂，雖然只有三片可聽，但仍然講求公平原則，總是批頭四、英國樂團和台灣福音歌曲輪流播放。大家都樂在其中，播放英國樂團的歌曲時，保加利亞的女孩會跟著吟唱。播放批頭四時，前座的親屬會跟著哼唱。播放福音歌曲時，司機這一家之主和二女兒會跟著吟唱。在他們將中文的福音歌曲唱到高潮處時，二女兒對保加利亞女孩說：「你應該跟著唱啊！」保加利亞女孩，很識相地說：「yeah！right！」並模擬了幾聲中文歌曲的調子。大家哄然而笑。

這車的司機是三個小孩的父親，是他邀請了他內人的哥哥一同旅行，他坐在前座，只顧著狩獵風景。這父親也答應他女兒邀請了她同學同行，所以車上共坐了七個人。在車子的最後一排還坐著這家人的母親，以及家中最小的兒子。車子的女主人近來身體欠佳，一直沈默寡言，伺機補眠。要不就呆望窗外景致，思想先生近期工作與自己的家在短暫的未來可能的變動，心中忐忑不安。好久沒有和自己年邁又有老人痴呆症的母親相聚，也許久沒和得了肝癌的父親見面，他常抱怨沒人為他做飯，料理營養，以致逐日削瘦。唉！這些事該怎麼辦？何時才能解脫現在的責任，回家盡盡孝道？

小兒子雙手握著父親剛送他的禮物，ipod，埋首在與電動玩具的互動中。他偶爾會加入二女兒與保加利亞女孩的對話，只要有機會調侃他的二姐，或提供一些她倆問題中更巧妙的答案。他正值國中畢業，準備進入高中的年紀，身體開始發育，一年中竄高了十公分，臉形也從童稚轉為開始有男性的特徵感。他有閱讀的習慣，小時常每週要讀二十本書以上，累積了蠻好的英文字彙能力，他的父親為此感到驕傲。

三個孩子的父親是個體魄與心智都強健的人，他對三個兒女有恆切的盼望，盼望他們都能像自己一樣，能走過艱辛，對抗寂寞，解決問題，開創自己的前途。那其實是每個華人父母的共同心願，他深深瞭解這世代競爭的激烈與本質，因此不忍他們的兒女落人之後，受世界凌辱。所以，在他們讀書的每個階段裡，亦步亦趨地導引兒女們，走向一種可以養活自己又能符合自己志趣的行業中。

車子在加州平原上行駛，已經超過四個小時。金黃而刺眼的太陽在父親教導二女兒如何做個有競爭力的人，有創意的人時漸漸隱匿，天色逐漸變暗。但是靠近地平線的邊緣，仍然泛著發白與淺橙的光芒。此時，前座的親屬顯得有點躁鬱，他的頭四處瞭望，然後他要求找地方停車，他有急切的盼望要下車觀賞風景，就在光線消逝之前，他想要再看一眼，像在瑰麗的夢景中醒來前的延遲與停滯，要把夢裡的美麗和虛幻一同帶走。

小孩

他的個子很小，長得相當標緻，濃濃的眉毛，大而伶俐的眼睛，帶著經常索求的神色。兩個小鼻孔微向外翻，附在細小挺直的鼻樑上。他的嘴唇像故意縮起來，形成一個櫻桃的形狀似的。他的臉型比例仍像個小孩，卻已有成熟的魅力。

每天早上他的媽媽便將他送到babysitter家，晚上六點再將他接回家，好像自小就得開始適應成人的生活方式；早出晚歸。他不知道這一切安排的根由，但只有順應家人的安排。出門前他會在家看電視吃早餐，囫圇吞下芝麻街的英文字母和數字卡通教學，看的時候他非常專注地吸收美國的文化，包括談吐的方式、處事方法、性格和幽默等，就這樣默默地流入他小小的腦袋中。

四歲半的他，在每天出發到babysitter家之前，會向媽媽要求要攜帶自己想玩的玩具，他完全了解自己的權利和義務。在媽媽生氣的催促他下樓進車庫準備上車出門時，必須及時情願地服從命令，完成動作。但是，當車子離開了家門，他還是會陷入極端沮喪的情緒，哭喪著臉，甚至輕聲嘶吼，用哭聲講出「我要玩具」這句話，並重複著這樣致命的要求，媽媽便會以猛然緊

鄭真堯／繪

閉的雙唇，在嘴角擠出小小的酒渦，鼻孔噴出憤怨的氣息，快速迴轉著她的方向盤，在十秒鐘內把車子開回到車庫門口，並以緊急煞車表示抗議。

「自己上去拿！快點！」她說。

車庫門應聲而開，整棟年久木質的Condo為之震動。他一身時髦運動裝的打扮，頭戴白帽，腳穿Nike球鞋，一步一步登上Garage旁的樓梯，走向客廳沙發旁的玩具堆，用手翻開他的玩具，有十部以上的汽車，各式怪異造型的機器人、Power Ranger等。他猶豫了一陣，又拾起了他最先撥開的一把衝鋒槍，短小的身軀，雙手握著衝鋒槍，自客廳緩緩走向通往車庫的階梯，一步又一步地往下踱去。

視像的故事

談起視像的誕主，應該要追溯到人類出生的第一天，嬰兒第一次張開眼皮，飢渴的視原體就隨著光線鑽進了我們的腦中寄存。

每當我們睜開眼睛向世界窺視的時候，視原體就貪婪地吸收及吞食一切它可以看見的像素——那些由光的粒子打在物體上所產生的色相元素，以及由這些色相元素所彙集而成的一切有意義與無意義的畫像，都成為它攝取的主要項目。視原體在經過和大量的像素有機組合之後，便逐漸形成一個慾望與影像的綜合體，姑且稱它為視像吧。

至於視像是不是一個有生命體？它對我們人體有什麼影響？是正面的？抑負面的？這許許多多的問題都等待我們去探個究竟。不過在沒有得到科學的證明之前，就我個人的經驗與感知，視像似乎是個介於生命與物質之間的半生命體。它有點像電腦程式和電腦銀幕的組合，所有數位化的像素在經過精密而巧妙的組合後，便呈像在電腦螢幕上，成為具有生命型態與警示傳知的圖像律動，它的生命是靠著汲取我們觀者所能提供的「養分」，即意識而孕育出來的東西。它的存在可以譬喻為光的存在，是電波的，也是粒子的，是直線的，也是繞射的。另外，也有點像電子的運動和存在方式，是存在於一點位置上的；同時也是多點位置同時存在的，是瀰漫式的，也是無所不在的。現在的問題是，它存在的目的究竟是什麼？

由於上面的問題，不免使我們想到人類的尷尬處境，我們存在的目的又是什麼？當然，我們不希望再度進入存在主義的爭論領域，我們只想由另外一個角度來切入問題。世界上繁茂的影像已經給我們提供了很大的想像空間，最合乎潮流的假設，應是把視像歸納為以意識與電波同質，間有自發生命的「異形」類生物質的存在吧。它可被視為沒有形體的物質套上形體，似乎又違背了邏輯。雖然我們目前無法立即瞭解它的屬性與生存目的，至少我們應該避免因不瞭解而醜化事物的謬誤屬性。也許，視像的存在根本超乎我們人類可以理解的極限。果然如此，我們試圖追尋視像生存軌跡的努力，也必將徒勞無功。

可是，我仍然感覺到它的存在。要瞭解它，似乎可以由瞭解人本身開始。只要我們能找到人與視像之間的共同點，那麼將心比心，也許可以獲得一點線索。前面曾經提過視像的貪婪性，這點和人類的本性是很類似的，因為貪婪可讓推想出它喜愛獨享獵物的屬性，它喜歡獨處暗地，不欲人發現它的存在，如此它才能逐漸運用它的本事操控人的肉體、心靈與意志，以遂行它一己的私慾，對任何它可以捕捉到的美好影像大塊朵頤，也只有在它睡眠的時刻，它才會意外地釋放一些較無組織與意義的零星畫面，讓我們人類感覺到它的存在，那大概就是我們人類夢境的由來吧，它的隱密功夫竟如此獨到，人類累積了幾世紀的經驗，也無法解其奧秘於萬一。

至於我又是怎麼發現它的存在呢？這話可能要從十二年前的一個夜晚講起。我正在翻閱我父

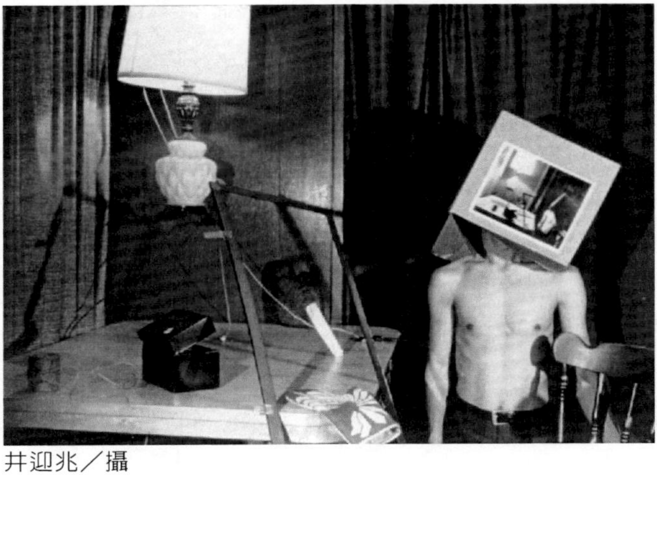

井迎兆／攝

親畫桌上的一些畫頁，其中有一張圖畫，一張很平實質樸的畫頁，深深地吸引了我。可是，就在這個時刻，一場莫須有的戰爭展開了，我的意志正在和我的視像努力爭奪對這一幅圖像的品味權。視像的力量非同小可，我的意志的能量幾乎要被那如強力磁場的視像給吸空挖乾，我的腦中竟呈現一片空白，原來豐富甜美的感受也被它消耗殆盡，本來應有的充實滿足也就煙消雲散。這個事件除了讓我為之震怒之外，更使我意識到視像這個角色的存在，以及視像中固存的只取不捨的卑劣屬性，如果讓它繼續得逞，我的生活豈不要永遠蒼白下去？

八年前，一個秋天的正午，我在美國南部的一所大學圖書館中翻閱著世界各國名家的攝影作品。剎那間，我腦中不斷迸現紛亂雜沓、游移不止的意像，我整個人被那張張深邃多變的映象如漩渦般地吸食進去。這個事情把我震懾住了，我知道，那可惡的視像又在和我爭奪塊麗的畫面和畫面中珍貴的人生經驗。很明顯，它的道行比我高超，正當我的潛意識要墜入無底的深淵中時，我激動地闔上了雙眼。說時遲那時快，就在蒼茫的虛空中，突然閃現一幅幅過去我所失去的繁麗輝煌的影像與記憶，我開始不自覺地咀嚼那些愉人的光影。更奇妙的是，我竟然隱約聽見由內心深處傳來陣陣的哀求聲，那聲音有如吸毒者毒癮發作時痙攣般的痛苦，從身外進入我身中的視像竟然跟我求救了，懇求我放了它吧。太奇妙了，我竟發現了制伏它的緊箍咒。從今以後，我決定要它為我服務，我再也不必受制於它給我的枷鎖，臣服於它對我的掌制。於是，我和它達成了協議，我要它替我收集廣泛的資料，並且去蕪存菁，然後把有用的資料排列組合，建構成一幅幅清楚的意象，指導我走向混沌的未來。否則的話，嘿嘿！我將切斷它的「養分」。

接下來的另一個事件，使我瞭解到我之外的視像的生存景象，和我與我的視像之間所建立的隸屬關係，顯然有些許的差異。大約在五個禮拜前，我才到世新任教不久，有個明朗快活又直腸子的學生跑來問我：「老師，我們學攝影是為了什麼？還要多久才能到達目的地？就算到了又能怎麼樣？」一印象中，他的問題比這個還要長一些，它帶給我的震盪不下於八年前我在圖書館裡所受到的震撼。學生的問題使我領悟到每個個體的差異性，生存在他腦中的視像和生存在我腦中的視像，是否有溝通的可能性？我擔心由我腦中生產的視像所編織的意象，對別人的視像無法產生正面的意義，而只會被別人的視像給活活吞噬掉。不但不留痕跡，反而給它寄生的主人帶來更多的蒼白。奇怪的是，我的視像顯得並不憂慮，它反而暗暗地笑了。

　　幾天前，在我的腦子裡突然萌生許多意念，這些意念充滿了感傷、懷舊與對未來的憧憬，這種似曾相識又極端新鮮的感覺，使得我開始懷疑我的視像這個鬼靈精怪的、虛無縹緲的東西，是不是又要興風作浪？又要與我爭奪什麼記憶領域的使用權了？可是，事實不然，從它逐一顯示給我的意象裡，我對它的疑慮也在逐一澄清。到最後，我甚至無法判斷，那是它主動的揭露，還是它接受了我的意志的支配使然。畢竟，當你和你的視像達成患難與共的共識後，你們之間的親密關係應當是與時俱進的。

　　噢！對了，我還沒有告訴你，它到底告訴了我什麼，老實說，我也不完全清楚它所展示的符號的意思，我只是對我的未來產生了安全感，而這安全感完全建立在我們之間互賴互信的關係上，而不在於它所表現的符號上。它說這個世界物象的形成，都是由於我們心象的投射，我們一直在按照自己的形象去創造，去編織世界的圖像，而它（寄居在我體內的視像）一直在為我與世界之間維持一平衡的予取關係，使我不致於吞噬世界，也不致遭世界吞噬。至少它是這麼對我說的，你現在應該知道，我為什麼必須善待我的視像，它誠然已成了我的想像力的泉源，我無法想像（我的視像絕不允許我這麼做）假如我失去了想像力，日子會變成什麼樣子的一幅圖像？

瘤的故事

我的背部靠脊椎中心的左側一點，長了一個脂肪瘤。幾年前只有約直徑一公分大小，我一直不以為意，但幾年下來，牠似乎像個有生命的東西，逐漸長成像埋在皮膚下的一個雞蛋，如長年造山運動而致凸起在地表的小山丘一樣，和隆起的脊椎相互輝映，形成不規則的自然景觀。那顆脂肪，與其說是瘤，不如說是「幽暗的角落」來得恰當。對我來說，牠真像是個幽暗的角落，因長年有樹蔭的遮蔽，樹葉不斷的生長，黑暗也逐漸的擴大。牠生長的因素，似乎就是黑暗，雖然，每天一定有陽光的照射，但也一定有黑暗的來臨。每次的黑暗，都會讓牠得到滋長，每次不用許多，只要一點點，一點一滴地吸納，牠就像珍珠似的，將包裹住的黑暗，轉成了實際的體積，最後，形成可觀的形象，大到連我自己也啞然失色。

我無法真正看見這個瘤，除了藉著鏡子的返照。我常用手伸到背後去壓按撫摸它，去感受牠的存在、面積與高度，心裡常會浮現出一幅黑暗的小鬼在招兵買馬，四處竄動，偷竊燒殺擄掠的圖畫，莫名地產生一種默默忍受著長時間的虐待，和被強暴劫掠後的恐懼和虛無感。

為什麼它會無緣故地長出來，至少是以不讓我知道它生長原因的方式生長，這對我這身體的主人，就是我，是很殘酷的對待，因我是有自尊的，它簡直像個土匪似的，不理會我的主權，自己據地為王，在我的領域裡作威作福起來了。我甚至相信，有一天牠會在我不知不覺的情況下，從我身體分娩出來，成為一個和我不同的「反我」，像恐龍一樣地在我面前爬行，理直氣壯地繼續向我乞討食物。而這件事情，追究起來，到底我該歸咎給誰呢？連我自己都有點不確定了。

說到牠的成長期，就我的記憶能力來推算，精確地來說，可以算出是有二十一年之久了。這要回溯到一九八九年的一次致命車禍。

那一年，我還是個年輕氣盛的年輕人，說年輕，其實也不怎麼年輕，只是比現在年輕多了，而且體能和力氣都比現在要強大。當時我的妻子也很年輕，算是少婦的年紀吧，是最有女人韻味的時候，只要她穿著睡衣出現在房裡，我就有直接的衝動想要和她上床。我們剛有一個小孩，是個男孩子。長得肥胖可愛，能吃、能喝，活動力強，剛會走路，只要把他放在地上，他就會四處亂跑。我非常擔心他會撞傷了頭，所以總是在周圍呵護著他，讓他在有限的範圍裡奔跑，但這麼做的確很傷神，因為眼睛一刻都不能離開，這使我精神常處於緊張焦慮的狀態。

那是一天傍晚的時分，夕陽從地平線上方照射過來金黃色的光線，我們開車在加州的高速公路上，車速有每小時六十英里。我們剛結束一次朋友的拜訪，開車回家。那次的拜訪算是相當愉快的經驗，因為我們拜訪的家，是一個早期留學生的家，他們七〇年代就來到美國淘金，就是追求理想的生活和事業。在我們去拜訪他們時，他們已經功成名就，家業穩固。有兩女一男，夫妻都在美國公司裡任職，住在海邊高級住宅區裡，有寬大舒適又有游泳池的房子，還有極大的院子。當時，真是讓我羨慕極了。心想，自己不知什麼時候才能向他們這樣安身立業。

我和妻子在車上，不知為了什麼瑣事而拌起嘴來，我的心情抑鬱到了極點。每當我情緒不好的時候，話語調理的能力就自然降為低能兒的等級，會陷入思路不通，口語打結，只想使命喊叫，但又開不了口的窘境。而妻子則會理直氣壯，侃侃而談，口若懸河，把你話中不合情理的部分全點出來，再以凌駕超越的身姿，說明自己的觀點，那是遠遠超過你現在的卑鄙、狹窄和自私的觀點的。頓時之間，你會覺得你是個毫無價值的人，竟然會說出那樣的話，有那樣的想法，你得為自己的自私與無知，深深懊悔。但你也知道，事情當然不是這麼簡單的。

每當我們意見不和時，我就想快點離開現場，躲避爭吵帶來的憤怒與絕望。那天我耐著性子，開著一輛七〇年代的金龜車，下班時的車流擁擠，像河水一樣湍急。妻子坐在我的右邊，兒子被套在後座的安全座中，無視我們的爭吵，沈浸在深深的睡眠中。接下來，車裡的氣氛有點鬱悶，我陷入了沈默。不知當晚是不是萬聖節，我無意地向右車窗外望去，突然開過一輛車子，像是以慢動作的方式超過我的車，就在他的車與我的車交會的時候，我看見車窗的玻璃表面，浮映出了一幅駭人的景象，有一個骷髏頭正向我們張望著，車裡面的孩子們繼續歡笑的玩樂著，好像完全無視於它的存在。我心頭一陣緊縮，以為是小孩惡作劇；但那影像又是那麼真實，似乎無法從眼簾中揮去。後來，我聽妻子說，她也看見了那一幕，這更使我有點心寒。

就在我們的車子要轉進我們所租的房子的巷子時，天色已經變暗，對面的車燈都亮了起來。我要趁那個十字路口的黃燈變紅燈之前完成左轉的動作，但是正面的來車似乎像沒有看見我一樣地向我直衝了過來，我想趕緊加速通過，但已經來不及了，只聽見他的車子「轟」的一聲，往我車子的右方車輪攔腰一撞，我們的車子向上跳動了一下，車窗頓時碎裂，灑落在車內。妻子大叫一聲，聲音中途嘎然而止，像是被什麼噎住了般。我的身體感受到劇烈的搖動，腰椎骨發出「啪」的一聲，身子感到刺骨的一痛。煞時間，我深吸一口氣，試著搖晃自己的身體，看看自己骨頭是不是斷了。後座安全椅上的小兒子，被震醒後開始哭泣，發出遭受過度驚嚇的沙啞的哭聲，臉上沾滿了玻璃的碎片，泛著斑斑的血跡。我的心頓時被恐懼佔據，陷入無法思考的真空狀態中，那真空的空氣，像是一個氣球一樣，無聲無息地擴大，吞噬了我整個理性的空間。

就是那一次「致命的」車禍以後（說得準確些，當然不是真正的致命，因為我們都還活著），大約五年後，我就發現我的背部，就在車禍撞擊的時候背部感到劇烈疼痛的地方，有個小小的硬塊的產生。難道是車禍的後遺症，我想。要不，為什麼不長在其他的地方，偏長在發出「啪」的一聲的脊椎的旁邊？難道是神給我的一個記號，要我記住我失敗的地方，給黑暗的王國開了一扇門，使牠們的嘍囉能長驅直入（我發現牠們的嘍囉都相當細

井迎兆／攝

小，小到我們無法用肉眼辨識），或偷偷潛入，逐步攻陷我身體的管轄權，然後企圖威脅我的主權？我一點沒有想把問題複雜化的企圖，我只想找出個合理的解釋，那至終會使我們墜入無底深淵的黑暗，像瘤一樣的生長因子，必須有一種杜絕的辦法。因為某種無可避免，甚至是無可抗拒的原因，而導致的令人沮喪和心碎的失敗，以及所有由我們肉體所產生的齷齪行徑，所導致的惡劣結果，總是必須有種對付之道，使我們可以在一夜之間，能將牠們摧毀殆盡，我們怎能忍心完全淪陷呢？

每隔五年，我都會不自覺地去檢查我背上的瘤，每次都赫然發現，在我沒有允許的情況下，牠就比前五年偷偷長大了一倍。原先我都不以為意，因為實在還是太微小了。不過最近的五年來，牠的體積已經逐漸引起我的重視，像是一天清早醒來，突然發現我的餐桌上有一攤如墨汁一般稠密的螞蟻，正在啃咬我的早餐，我內心的憤怒和緊張，是無法用筆墨形容的。

在我和我的家醫商量過後，他欣然答應為我解決這個問題。他給我的表情讓我感覺，好像那是我們兩人間的秘密一般，我們心照不宣地列出了作戰計畫，在敵人完全不知情的情況下，展開了奪城計畫。手術安排在二〇一〇年的八月二十日上午九點三十分，護士要我立刻去做抽血和胸腔的檢查，做好手術前的準備。我也把這事當作隱密的事來做，盡量不讓人發現我的行徑有任何蹊蹺。

第二天，手術日，我懷著慎重而緊張的心情來到手術室報到，好像綿羊正排隊著要進入被剪毛人剔毛的綿羊秀一樣。想像著若手術失敗，我陷入昏迷後無法清醒，妻子必須拖著疲累的身軀，照顧我在植物人的狀態下剩餘的年日。我為了尚未把我銀行的密碼告訴她而略感焦慮，妻子可能會為了無法順利提出我銀行的存款而大傷腦筋，那將是我能想像進入手術室後可能發生的最大差錯吧。有點荒謬，但又多少有人生的實質感。

我躺在手術台上，護士為我裝置心電圖儀器，將許多大大小小的偵探器貼在我的胸上，和腿上，並給我蓋上很多手術用的棉被保暖，給我戴上氧氣罩。順便問了我許多問題，像是「你有沒有在吃藥，打針會不會過敏，有沒有得過心臟病，糖尿病，肺病，B型和C型肝炎，有沒有中過風，有沒有假牙套，牙齒會不會掉下來，昨晚十二點後有沒有喝水和進食」等問題，我全部回答沒有，我說的是實話。最後，又有一位護士問我，你身高幾公分，體重多少，我想了一會後，回答她：「身高一百七十公分，體重五十六公斤」我實際上各少報了一點，那是我在事後又確認的事，我其實在中年以後又長高了一公分，體重在手術量的時候也比我報給護士的多了一公斤。不過，這應該是無關緊要的事吧。我只是覺得有點困惑，在手術前為何要知道我的身高和體重的資訊，那對我的手術有什麼實質的幫助嗎？還是那是護士要幫助我消解我緊張情緒的方法？關於這點，問我牙齒會不會掉下來，真的讓我稍微卸下了心防，產生莫名喜樂的情緒。並且，在我進入昏睡以前，腦海中仍迴盪著「牙齒會不會搖動？」的聲音……。

我感覺有人在我背部不斷用手推擠的情況中，漸漸恢復意識。我竟然完全沒有感到疼痛和手術的過程，跟我在二十幾年前接受的手術相比，可以說是有天壤之別，現在的手術水平可說是大大的進步了，也許跟麻醉的層次有關吧。我在二十幾年前的手術，是局部的麻醉，當醫師在我身上打完麻藥後，必須用針或刀子截刺看看我的肉體有沒有感覺，然後才開始進行手術，醫生會直接問我的感覺來決定打多少麻藥。我頓時現入恐慌中，因為萬一我的表皮沒感覺，一旦刀子切開我的皮膚，裡層的筋肉開始產生疼痛，我該怎麼辦呢？但我又不敢一直說有感覺，然後讓醫生打入過量的麻藥，造成我身體的危險。所以我是在半知半覺的狀態下，接受外科的手術，切除一個較小的瘤。我可以感覺到醫生的刀子在我皮膚上切割，用夾子翻開，把肉瘤挖出來，撕扯切割的動作的感覺。雖然沒有明顯的痛覺，但心裡懸宕著對可能產生的痛覺的畏懼，竟緊緊抓住了我全身的神經系統。只要有一點痛覺，就好像放大了一千倍那樣地，撥動著我的心弦。

醫生真的像間諜一樣地，秘密地為我移除了我背部的瘤。從手術開始到結束，我完全沒看見他的臉孔，好像是我們約定好了交易，在神不知鬼不覺的情況下就完成了。我的秘密敵人，在一覺醒來後，發現自己陳屍在手術盤中，一定要發瘋地叫囂：「沒想到竟栽在他（就是我）的手裡，他明明已經接受了我，為什麼他竟反悔了？幹！」我若能跟牠說話，我會告訴牠：「太遲了，我很高興我做了這樣的決定，欺人不可以太甚，永別了，我不會想與你再見的，願你在糞堆中腐朽吧。」

手術後，護士們分別警告了我不下五次，不可以騎摩托車，以及坐摩托車和開車，即使我覺得自己很清醒也不可以。我和妻子在醫院中買了兩個便當當作午餐，坐在大廳的座位上吃了起來。醫院中人群熙來攘往，進出絡繹不絕，跟個菜市場一樣熱鬧。其中有各樣年齡、不同長相、受傷層度不同、表情姿態各異，又懷著千百種迥異情緒的人穿梭著。座位邊的電源插座有一隻手機正在充電，有一位外勞推著一個老太婆來到牆邊暫時休息，一位相同年紀的老太婆走過來，告訴她們注意別碰到她正充電的手機。我一邊吃著滋味普通的雞腿便當，一面無意識地瀏覽著周邊的人事物。外面環境雖然有點紊亂，但我裡面的心境，卻感到欣喜而平靜，多年來心頭的重擔似乎已經卸下，只是一時之間，還不知怎麼去享受這樣的釋放與解脫，好像一個剛從監牢裡被放出來的囚犯，在監獄的門口躊躇著該往哪裡去一樣。

節省的妻子又開始不斷遊說我照著我們來醫院的方式回家，就是騎摩托車回家。她說：「休息夠久了，便當都吃下去了，人怎麼可能還會昏倒？」這使我心中產生兩面的衝突，一方面我相信護士的叮嚀，我害怕萬一我在回家途中不自覺地昏倒怎麼辦？另一面，我也畏懼和妻子意見不合的後果，那多年以前，逐漸隱去的夢魘，似乎會形成另一個腫瘤毒素的入口。那「轟然」一聲的撞擊，強大的力道，脊椎「啪」的一聲的震盪，幼小兒子的哭聲，散落的玻璃碎片……以慢動作向我襲來。

妻子把摩托車從擁擠的停車位中拉了出來，我搖晃一下頭顱，看看自己會不會發暈，嗯，不會。我們戴上安全帽，妻子發動車子，跨坐在前座，我跨上了後座。我的身長比她高出半個頭，我緊緊抱著她柔軟的腰，妻子緩緩地加油，車子向前滑動，就這樣，我們踏上了回家的路程。

夏日記事

我的朋友強納森現在正在別州拍片，而我正在坐在他的豪宅落地窗邊的玻璃餐桌前，享受著夏日午後的寧靜，以及從院子裡蜂擁而來的綠意和熱帶植物的生長賀爾蒙。

強納森是個電影收音員，已經在好萊塢工作了十幾年，從小片開始，努力不懈地建立人脈，然後漸漸打入好萊塢大製作影片，和主流導演明星共事，一晃就將近二十年。如今，算是小有成就，他擁有一棟大房子，座落在好萊塢的山坡上。他有個室友名叫史提夫，是他拍片時認識的，原來是個為電影工作人員預備飯食的廚師，現在他們住在一起。

史提夫生長自美國中部的農家，自幼和泥土與植物打滾。因此，他是個天生的園藝專家，環繞著他們家的院子和山坡上，全是史提夫的汗水和手藝的成果，那一片的奇花異草，叫人看了不禁要張口咋舌，大大驚奇於他怎有此種能耐，能叫那些熱帶沙漠中各樣奇怪植物生長。而在我自己家中，連種在小花盆的土壤裡小果樹的種子，我都無法叫他發芽。所以對於他這樣的生命工程，著實叫我感到訝異，他所把玩的完全是時間和生長的藝術，只是他所掌握的比我多了許多，但當然，還有一部份是他無法掌握的，也正是他所等待與期待的。

一下飛機，我就在機場附近租輛小車，開往強納森的家。美國的高速公路既寬敞又順暢，約四十分鐘左右，我就來到他家的院子。我把車停好，直接開了前院的鐵門，就往房子正門走去，我用手開門，門是鎖著的。我往後院走去，從後門往裡看，並用手試著拉開那扇落地門，但是門是鎖著的。此時，房子裡一隻小型狼犬名叫Joe，邊叫邊向我跑來，牠先是以急促的向陌生人發出的聲音吠叫，接下來大概想起我來，改成歡迎的叫聲。史提夫從裡面走出來，我在門外隔著玻璃向他揮手，他打著赤膊走過來為我把門拉開。他說他正在打掃房子，他很熱切地開始跟我介紹起他最近的工作，就是帶著極大的熱情培育著熱帶沙漠植物。他帶我走到後院中，站在高紫外線的烈日下，津津樂道地為我細說每一盆、每一種及每一叢在地面上的仙人掌及熱帶植物，從後院一直講說到前院，他的眼中閃耀著光芒。將近一個小時，他被熱帶植物的激情充滿，而我被夏日的烈焰曬紅了頭皮。

強納森和史提夫養了一隻狗和兩隻貓，其中一隻貓叫Zoe，幾年前被車子壓死了，史提夫為牠哭了一陣子。這一次兩隻寵物都很少在我左右出現，除了Joe偶爾會懶洋洋地踱到我身邊，往地上一躺，就睡在我腳邊，完全不在乎我走路時可能會被牠平躺的身體絆倒。那隻上了年紀的黑貓Waven，整天在院子四周遊蕩，見到人又有求於人的時候，會發出沙啞的叫聲，有點像烏鴉的叫聲。我從來沒有聽過這樣的貓叫聲，好像曾經因為某件事叫啞了嗓子。Joe和Waven相處甚佳，氣氛相當平和。據史提夫說，貓在家中權柄比狗大些，牠從不向狗低頭，在身體比牠大的狗面前，牠永遠顯得趾高氣昂，高狗一等。狗在貓面前，永遠像個長不大的小孩，偶爾會冒失的惹貓生氣，貓會用牠的手掌拍狗的臉和牠的鼻子。狗就像得了健忘症一樣，老是在同一件事上惹貓生氣。

強納森常常到外州去拍片，一離開就好幾個月。我每年暑假來美國的時候，一定會來探望他，因著他的關係，我和史提夫也成了好友。他的身材在美國人中算是矮小的，一頭黃髮散落在他狹長的臉龐的兩側，長滿硬繭又充滿了因接觸泥土、肥料和仙人掌植物而有的交錯在他指端和掌面的黑色小割痕的粗壯手掌，時時把偶爾遮住他臉的黃髮抓住往頭頂後翻。他的手臂和身軀長滿黃毛，因為整天玩花弄草，挖土扛石，所以他的上半身顯得相

井迎兆／攝

當厚實，肌肉強健。他小的時候非常熟悉水性，饒泳善游，就因為如此，有一次因潛水不慎，傷了耳膜，成了聽障。現在整天得帶著助聽器進出，一般與人面對面的對話他還可以應付，然而比較困擾他的是，當有電話響時，他除了必須趕去接電話外，還必須很快地把助聽器從耳朵上摘下來，在很短的時間內，用一個小錐子將助聽器切成電話模式，再塞進耳朵，拿起電話筒來接聽電話。若是接起電話時對方已經掛斷，他會大聲咒罵，罵電話和助聽器的誤事，也罵打電話來的人，沒有重要的事就不要打電話，有重要的事就該留話。他說他很高興他的手機壞了，如此他再也不用受它的牽制。它最恨在園中工作時有人打電話來，他得停下手中的工作去接電話，當一接起來，因著調整助聽器的時間，對方掛斷了，他會恣意地對空發出一陣咆哮，以洩前恨。

從外表上看，他是個溫馴的人，但若有事惹到他的怒氣，他會張牙舞爪地用他的辯才和慧黠的言語，像蜜蜂一樣的對你展開攻擊，直到你滿頭是包。當然，我從來沒有親眼瞧見他這麼做，我所了解的他，都是他口中的自我描述。他說他對開車很慢的人是沒有耐心的，若有人在彎曲的山道上以每小時二十英里的速度行駛，並在車上講大哥大，因而阻住他的路線，他會展開逼陣攻勢，就是把車貼近前車車尾，以幾乎要撞上去的態勢逼迫對方讓開，最後在越過對方車輛時，他會用兇煞的眼神瞪視對方，並以言語咒罵威嚇對方，要他們滾出道路。他對自己的描述，相當生動真實而且帶著幽默。對於不認識他的人，若看見他在車裡對其他人的舉動，開著pickup truck，口露粗俗的語言，目露兇光，一定會被他的氣勢嚇倒，心中要暗暗咒詛，又是一個南方紅脖子（種族歧視的南方佬）。但他卻是個充滿活力、口若懸河、心思細膩又充滿幽默感的人。他最常被冒犯的人就是民主黨員、環境保護主義者、動物權主張者、共產主義者，以及開慢車的人。他雖然只有高中學歷，但他使用的語彙相當豐富，不只是粗俗的俚語，在他的語句中常夾雜著典雅的辭彙，配合著他說話快速的節奏，他的說話常是我最好的聽力測驗。

每當他打開話匣子，我永遠只有聽的份，雖然想插入一兩句話，但總是因感到詞窮而作罷。

這裡的夏日，白天乾熱，只要在戶外閒站幾分鐘，就足以把人曬昏，但夜裡又相當乾冷，睡覺還得蓋被子，若被子稍薄一點，身子還要冷得發顫。但我很享受這兒的生活，尤其是坐在落地窗前，望著戶外庭院裡盎然的綠意和閃亮的陽光，呼吸著室內蔭涼的空氣，心裡平和一片。強納森正在外州舉著麥克風桿收錄演員的聲音。他在電話中曾抱怨他正拍的是一部「什麼大爛片」，但是那是他的工作，為了在美國生活、買房子、付貸款所必須付出的代價。史提夫每天一起床就在院子裡忙碌，並且照顧幾個人家的花園，這是他的謀生工具，是他所必須付出的代價。但是他很享受他所做的事，雖然口裡也是常常獨自叨叨唸著，咒詛著什麼似的，那是他獲得樂趣的方式。人生就是如此，每個人都有手頭必須要做的事，但就在我們自己駕駛的人生的列車上，我們常沒有時間和心情，有時候是因慣性的力量叫我們忘了，駐足感受一下時間、環境、我們和他人的關係，以及千奇百怪的植物和細胞增生的美麗遐想。

我家門前有隻流浪狗

許多年前，我在我家門外看見一隻流浪狗，全身咖啡色的毛結成塊狀，像個衣衫襤褸的叫花子似的。

牠常臥在巷道的中央，匍匐在地上，牠結塊的毛球，遍滿全身，像一塊破毯子般地蓋在牠身上。牠走路的時候，好像有點不良於行，略微拐腿。不管任何氣候，牠都堅持挺住，選擇我家附近，作為牠的居所。夏日悶熱難耐，牠躲在樹陰下喘息。寒天濕冷澈骨，牠臥在路中休息。

當你經過牠身旁時，牠會稍稍抬起頭用非常無力的眼神看著你，跟你表示牠深度的潦倒和無奈，然後頹然地把頭再靠回地面。每當我經過牠身旁時，我都會認為牠身患重病，應該不久於人世，因而陷入深沈的悲哀中。

有時，我甚至想像要領養牠，把牠牽回家洗澡，然後好好餵牠，讓牠大吃一頓。然後，又會被在替他洗澡的時候遭牠突然猛咬一口的想法給驚醒過來。結果，我總是在盯著臥在地上的牠半晌之後，愧疚地走開。對於牠的境遇，我真的不知該如何處理和看待。

後來，有一段時間，牠從我眼前消失了蹤影。我再也看不見牠出現在我家的附近，我想，牠大概已經離世了，也好，總算是解脫了。人有旦夕禍

井迎兆／攝

福，狗也有貧富貴賤，不幸的是，牠是屬於貧與賤的一類。我也看到許多有富貴命的狗，在我家門前經過，主人對小狗的呵護與照顧，不下於外勞對輪椅上癱瘓老人的照顧。他們可以說是在我家門前最常出現兩類生物，人與狗，外勞與輪椅上的癱瘓老人。

我幾乎忘了牠的存在，突然，有一天，牠又出現了。好像是季節性的遷移，牠又出現在我家門前。全身裝扮仍然破舊不堪，令人不忍卒睹。我好奇的走上去，要和牠打招呼。也許牠不習慣人要接近牠，所以本能地開始走避，離我而去。我試著跟上去，要和牠講話，這舉動反而更令牠畏懼而繼續離我而去。我跟了一段距離後，決定放棄，目視牠離去。

牠雖然活得不成樣子，但畢竟還是活著。

井迎兆／攝

井迎兆／攝

好死不如賴活，上帝有憐憫人的心腸，叫人有思想，可以體會與感受萬物的心，正如祂理解我們一樣。只是我們是不是常活得也像那隻流浪狗？在神的眼裡，我們是富貴的？還是貧賤的？祂讓我們看見狗的光景，是幫助我們看看自己嗎？是某種隱喻式的提示嗎？如果是，那麼神真是太真實，也太露骨得叫我們無可迴避了。

天空之城

一輛福特棗紅色家用小客車緩緩行駛在科羅拉多州平坦的高原上，天空顯得很低，雲佈滿了整個天際。中午的新聞才報過在此鎮以北的某郡淹水，且有傷亡，是遭雷擊斃。

現在他們一家六口正乘坐著這輛棗紅色的小車為志明送行，志明預備搭晚上七點半的飛機飛往加州洛杉磯。他已經在此鎮妹夫的家住了一個禮拜，他的妹妹志萍大腹便便，正準備接生他們第三個小孩，預產期只剩八天了。志萍另外兩個小孩都是女孩，大的八歲，坐在前座，正低著頭啃讀手中的一本小書《*Secret Garden*》，密密的字也如車行般地自她眼中滑過。小的女兒四歲半，已經倒臥在母親的大肚子旁，沈浸在香甜的睡眠中。她坐在後座，介於她媽媽和外婆中間。外婆已經七十多歲，滿頭的白髮像戴著的假髮，披在她佈滿風霜，憔悴又顯露堅毅和慈祥的臉龐上。她的雙眼閉著，正取得她身體亟需的休憩。司機是志明的妹夫安城，兩年內體重從一百八十磅增長至兩百磅左右，食量與食慾都很好，但那樣的好就像呼吸一樣的自然，擺在他面前的食物常會在不知不覺之間地消失。雖然他在志明面前刻意地約束自己的食慾，讓志明覺得他在吃飯時常是完全沒有飢餓的感覺。但是他的食量還是驚人，並且仍是全車最重的人，他的皮膚黝黑，雙手靠握在駕駛盤上。他深邃大比例的臉部曲線，讓人感覺猶如一尊黑臉巨佛安坐在駕駛位上。把視線拉遠，他的身形使車內所有其他的人都顯得渺小。

志萍撐著快進入夢鄉的精神，聽著志明眉飛色舞的談話。她坐在司機安城的後方，挺著個大肚子，偶爾露出愉快的笑容。

「我兒子如果來過這裡，他一定可以寫出一篇很棒的作文！」志明自信滿滿地說。

車子穿梭在不斷變化的氣候中，像愛麗絲夢遊仙境的場景重現一般。

「這裡是烏雲密佈的晴天！」

「這裡是豔陽高照的雨天！」

「這裡是雷電交加的彩虹天！」

志明興奮地描述著他看見的瞬息萬變的天氣。從車窗往外望去，路的左方和右方各擠出一道彩虹，起先顏色頗淡，不久後左方的彩虹顏色逐漸加深，而且幾經景色變化後，彩虹的左方又映現出一道顏色排列相反的彩虹，所以前方兩側的天際共有三道彩虹，那似乎應該是想像力豐富的小孩塗鴉時

所出現的景象。現在這種童稚式的場景竟投現在他們一家人的面前，好像大地上其他人都不存在了，這般美景只為了他們的童真而存在，或者是其他的過客已經太專注於各自的心事，而把大好的綺麗風景完全忽略了。

頃刻間，一道閃亮耀眼的陽光自車後的天空逆射而來，像用幾萬瓦的太陽燈照射在局部的大地上，使被照射的部份呈現一片金黃的色澤，原來綠色的微微起伏的草原丘陵，像披上了一層薄薄的蛋黃沙巾，但是其他的區域則陷在陰影中。

「我們像是進入被拍攝的表演區，光照在我們身上，攝影機開始轉動……。」志明神情越來越亢奮地說。

鄭真堯／繪

志萍以同樣溫暖的笑容回報志明的熱情敘述。大女兒從書中把視線收起，以快速動作和懷疑的眼神望著志明，她的舅舅，一個精瘦、頭髮略禿、嘴邊蓄著短密整齊髭鬚的中年男人，肩背微駝，像被職業裡沈重的攝影機壓彎了，但肩部肌肉仍結實健朗。他興奮的情緒從他笑喘的小眼流露出來，額頭上的皺紋時開時合。

「我們進入陰天區！」志明說。

烏雲已將大地覆蓋，晴天已被甩在後頭。前面是下雨區，右方是閃電區，左方的彩虹仍在原處，奇異的光感在志明的心底激起陣陣浪潮。眼前看到的是耀眼的陽光，更遠處卻是風雨欲來的深鬱和靛藍。蔥綠的草原上點綴著一幢袖珍的房子，路旁排列著綿延數哩的電線桿，背景像是用水彩筆刷上並暈開的灰暗天色，在此背景的前面，還蹦出幾塊似因筆誤而凸顯出來的白灰色雲塊，形狀有些凝滯呆板。

「我們進入雨天區！」志明一直維持著高昂的興致說。

雨滴先是零散而稀疏地打在車窗上，然後維持穩定的密度沖刷在車身上，安城把身子往前倚了一下，想努力看清前面的路況，車速逐漸緩慢下來。志明不時為周遭發生閃電而興奮的指述。他的大姪女會隨著他的聲音抬頭轉望遠處，揚頭思索幾秒後，又回到她閱讀的世界中。他們距離機場越來越近，但天色卻越來越暗，雨刷的速度已經到了極限，而雨水像瀑布一樣狠狠地打在窗上，雨刷劃出的刷痕在頃刻間就被新的雨水填滿，使得眼前好像蒙上一層霧罩，視線與心情都要因此而模糊起來，路肩被雨水沖刷的黃土隨著路坡流過路面，機場就在眼前了。遠處迷濛的天空中，可以看見一架接著一架排隊等著降落的飛機，志明心裡升起一絲絲的不安。

這樣惡劣的天候會不會影響飛機的起降，這樣的景觀讓人感到自然的難測以及人心的渺小。

安城把車停在離境廳外，幫志明匆匆卸下行李，志明的母親和大姪女一同下了車。他們迅速進了大廳辦理登記，安城又回到車內帶著大肚子的志萍和小女兒去找停車位，志明來不及目送他們車子離去就急忙找航空公司的櫃台去了。因此，在他心裡泛起了若干愧疚的情緒，因為離起飛時間只剩半小時，一時還來不及表達他的感情，以及反芻他的遺憾情緒，就被迫離開他的妹妹和妹夫，把他們拋棄在雨中。

志明的母親和姪女陪他走到X光檢查關口，志明不住的回頭眺望，看看志萍與安城趕來了沒，極捨不得進關。

「先進去吧！不要等他們了。」志明的母親催促著他。

志明跟母親道聲再見，然後看看姪女，手中還握著《*Secret Garden*》。他突然有一股慾望衝起，想去抱抱他那相當羞澀僅八歲的姪女。他的姪女好像感受到那股情愫，也好像基於她本能的矜持，頓時一愣，把頭轉開。

「跟舅舅說再見！」志明的母親一旁慫恿著他的姪女。

他姪女用很多心力掩飾著自己的羞澀，並以鎮靜而不明顯的手勢，不敢直視而又閃爍的眼神，低低的揮了一下手，口中呢喃了一句「再見」。志明有點悵然又依依不捨地進了行李檢查哨口，裡面還有一段很長的路要走，從遠處他回頭看見他母親被障礙物遮住了，只剩下漸行漸遠的姪女單獨的身影還殘留在他眼簾內。

阿吉的列車

一

我常在想，這世界是不是有個什麼神秘的規則正在悄悄地運作著，它的運作是那麼真實而有具體步驟，只是毫不露形跡。

它的隱密性是那麼透徹，以致人們根本意識不到它的存在，那使人在往前行走時會看不清方向，無法預測會發生的事，最終完全迷失在煙霧瀰漫的叢林中。但是，如果我們以某種方式，抓到了那個神秘的運作規則或系統，然後照著它所運作的規則前進，使我們可以預測將會發生的事，然後能做出最有利的決定，避免各種可能的悲劇。那麼，我們是不是活得會比較幸福一點？這樣的想法，也許相當無稽。但是，想到我的朋友阿吉，這種深層的需求，就會不斷的加深，甚至達到難以自拔的地步。

說到我的朋友阿吉，我還是要為他感謝那看不見的超自然法則，不是因為他曾遭遇了奇特超絕的重大苦難，只是因為他仍然活著。是的，感謝神，他仍然活著。說實在，他的故事，一點都不奪人耳目，而且可以說是雜亂無章，缺乏明確的衝突與解決，以致很難找到啟示。但我仍想試著講講看，看看能否理出什麼頭緒，使我自己能從他的故事的糾葛中得到釋放。否則，他的故事就好像一條扭曲的蛇一樣，將永遠把我纏住，最終被牠吞噬。又像個亂纏的線圈，已經打死，而且越纏越亂，以致永無解開線團和打開死結的一天。於是，他的故事，就成了我的重擔，而我不得不設法以各樣方式地將他卸下。

二

阿吉，五十八歲，是個農村長大的小孩，他的家境窘困，因為兄弟姊妹眾多，以致他的受教權受到威脅。國小畢業時，他的家庭已經付不出他上初中的學費，所以，他得半工半讀，自立更生地上學。直到初中二年級，父親肝癌過世，由於過重的家計，他只得輟學，出外學一技之長，打工賺錢，幫忙養家。

我認識他是因著我父親的關係，他曾是我父親的學生。我的父親曾在初高中教國畫，他在課堂上認識我父親後，便私下來向我父親拜師學藝。父親因他的認真和才氣，常跟我提起這位叫阿吉的學生。我對他的印象就是這樣開始的。他的年紀比我大一些，個子比我矮一些，長相非常普通，鼻頭大大的，眼睛小小的，像好萊塢電影中的福滿洲，但不那麼賊。顴骨有點突出而寬闊，厚厚的嘴唇，時而用手梳理和壓平著他有點油質而捲曲的頭髮，一看就知是個純樸的鄉下人。他是那種走在人群中，經你刻意仔細觀看後，又馬上會忘掉的那種人。

小時候，我每次和阿吉見面，都是在過年過節的時候。他每年都會帶盆水仙花來看我父親，然後在我家坐上一會兒，跟我父親聊天。那時，我因著年紀和他比較接近，會坐在一旁聽著，有時會插入一兩句話，表示關切。然後，漸漸因相識日久，每次和他聊天的人，就被我取代了。我上國中時，他已經在外工作，他做什麼工作，我並不清楚，只知道是挺辛苦的，得靠勞力。他的手掌粗厚，手指也粗，指縫有時藏有黑色的污漬。拇指好像因使力過久而向外彎曲，雖然那是他天生的手型。從他的手型，就讓我感覺他是個命苦的人。

此外，他的嗜好和長相也無法相連，至少對我而言，我實在想不出，以他的長相特徵，以及家庭背景，怎會發展出那麼高雅的興趣。他除了喜歡畫工筆的山水畫外，還喜歡聽交響樂，我常在他樸拙易笑的口中聽到布拉姆斯、李斯特等人的名字，還有許多我完全不知道的名字。

在我當時的感覺裡，他對交響樂的鍾情，簡直就像他正雙腳踩踏在泥沼般的水田裡，雙手扶著犁，隨著水牛緩步往前犁田時，突然回頭問我說：「你覺得布魯克納的降B大調第五號交響曲的中段詠諧曲，跟舒曼的降B大調一號交響曲的詠諧曲，是不是有異曲同工之妙呢？」我很難想像，在他貧困的家裡，怎麼會有接觸交響樂的機會，或甚至有閒情去想離他生活情境很遠的事？尤其是他還特別青睞日本古畫、書法等藝術，這對我而言，簡直是不可思議的事。

但是，他每次談論起那些作品時，不管是交響樂、鋼琴曲或日本古畫的用色和筆法，以及裱畫的藝術等，總是眉飛色舞，也絕不像是裝出來的樣子，或是為了要在我面前炫耀的樣子。這種納悶的感覺，一直到了我去唸大學後才逐漸淡忘。不過，每次和他見面，在他身上總是會發生些讓我驚訝的事。

有一次，他拿了一把吉他特地來看我，並且當著我的面劈哩啪啦地彈了起來，那的確是件讓我驚訝的事。在七〇年代，我仍是個只會拿著一根跳桿，四處蹦跳，或者腳蹬四輪溜冰鞋，四處嫌晃，以及試著在腳踝綁上沙袋，趕練輕功，整日追求飛行快感的野孩子。能夠手拿吉他，自彈自唱，對當時的我而言，簡直是個英雄。那個年紀的我，對於音樂的事，基本上是個門外漢。只知道「少女的祈禱」、「七朵水仙花」等民謠歌曲的我，關於海頓、德夫扎克、柴可夫斯基、貝多芬、韓德爾、莫扎特、巴哈、蕭邦、韋瓦第等人的名字，都是從他口中聽到的。一直生長在台灣鄉下，常與泥土為伍，這麼有鄉土感的人，怎麼會有這麼洋化的口味，實在讓我百思不解。

不過，倒是阿吉啟發了少不更事的我對吉他的渴望的。我清晰的記得，他粗大特彎、帶著長長指甲的拇指，和三根同樣粗大、也帶有比一般人略長指甲的食指、中指和無名指，在琴弦上輕快地撥弄著，琴聲時而清脆爽耳，時而嘶啞地像磨刀鐵杵刮過生鏽的刀面。雖然如此，他熟練的指法，和美妙的琴聲，真的讓我怦然心動，觸動處在少年維特的氛圍裡的我，立志想把吉他學會，以某種程度地取代了我對飛行樂趣的追逐。讓我佩服的是，他除了會彈吉他之外，還會和著琴聲唱歌。只是，印象中他的聲音就不怎麼悅耳，而且音量相當微弱，氣若游絲，只能說是琴聲的配角。他的開口，雖然令我緊張，怕他會因此而失聲，但是在西洋歌曲剛開始湧進台灣，如「牯嶺街少年殺人事件」裡被一股濃郁的鄉愁所壓抑的年代裡，他的自彈自唱，是多麼令我心花怒放的事啊。每當他唱Do、Re、Mi、Fa的Fa時，他的台灣國語腔很自然地把Fa的音發成Hua，在我聽歌時，空氣中會混雜著一種令你心神騰跳的氣氛。在回憶裡滿是土氣的歌聲中，偶爾穿插著Hua、Hua的柔弱發音，常讓我在心神騰跳的時刻，吞抑著噴飯的衝動。

III

我高中畢業後，就離開了自小居住的中部，也離開了阿吉。

大學時代，我開始寫新詩，拿著吉他學唱「Five Hundred Miles」、「You Are My Sunshine」、「Edelweiss」、「Michael, Row Your Boat Ashore」、「When I Grow Too Old To Dream」、「Dream, Dream, Dream…」，還有披頭四的「Let it Be!」等歌曲，同時忙著談戀愛，無暇與他聯絡，也可以說完全把他給忘了。

服完兵役，緊接著出國讀書，結婚生子，在國外一晃又是十年。我們之間的聯繫，就像斷了線的風箏，完全失了蹤影。一九九二年回到台灣後，我和阿吉才又見面。分別十五、六年後再度重逢，有著說不出來的複雜感受，喜悅中夾雜著一絲絲的蒼涼。我是在台北市街頭遇見了他，在一個捷運站出口，他正在開計程車排班，等候下捷運站叫車的客人。我因為有事，他也不能離開車位，所以我們短暫地寒暄，互留電話後，又匆匆告別。那時，我才知道他也已經從中部搬來了台北。

分手後，小時我從他身上所感受的那種勞碌艱苦的印象，突然又浮現了出來。他的身影，有點像在滾輪中拼命奔跑，卻仍在原地打轉的老鼠一樣，一直縈繞在我心底。我試著比對著我對他過去的印象，和當時見面的形象。說真的，除了他的頭上添了幾根白髮外，基本上他完全沒變。

在接下來的日子裡，我偶爾邀他到我家來坐坐，或者妻子和我工作上有叫車的需要時，就找他來幫忙，他總是準時且樂意的前來。有一段時間，我迷上了圍棋，想起小時候他曾教我下過圍棋，所以就邀約他若開車經過我家附近，順道進來跟我一起吃個飯，下盤圍棋。他的棋力原不敵我，但過了

鄭真堯／繪

一段時日，他的棋力竟超越了我。我好奇的問他到底在哪裡磨練棋力，他微笑著說：「其實沒有跟人下，只是偶爾利用開車休息時間，在路邊拿出吸鐵棋盤，自己打打棋譜而已。」我才知道，他真的很想贏我。好像以棋藝象徵性的戰勝，可以彌補在現實裡一切的失意與頓挫。而且，我真的相信，他的智力如果能被放在一位機運稍好的人身上的話，一定可以在世上揚名立萬，甚至揚眉吐氣，我想。

我說這個，是因為我在他身上看見一種無形的堅韌與堅持，像是一種飛蛾撲火般向上拼搏的慾望。我依稀記得他曾跟我說過他小時候的一個故事。那次，不知為了什麼事，警察要沒收他的腳踏車。在牽車的時候，他把腳跨在車上，雙手緊握把手，死抓著腳踏車，硬是不讓警察把腳踏車遷走。警察也使出力量拉扯，但阿吉誓死抵抗，使盡全身力量握住車子。就這樣，一人把持車子的一端，雙方的力量在車子身上折衝而消弭無形，車子維持不動地僵持了好一陣子。終於，警察力氣用完了，對著阿吉大嚷著：「你瘋了，真的瘋了！」轉身離開了。

那已經是四十幾年前的事了。

IV

後來，藉著偶爾的見面和交談，我漸漸聽見更多他悲慘的遭遇，真的讓我更深地思量命運的法則，到底是什麼？以下是我離開他的十五年間，他所經歷的事。

阿吉初中輟學後，為了找尋更好的出路，也在我出國後，來到台北，認真的半工半讀，在補校完成了高中教育。他希望能考上公職，或進較好的私人公司就職。他在學校學的是最早期COLBAL和FORTRAN等電腦語言，成績還算不錯，當他畢業開始求職，孰料電腦語言每年一變，他所學的馬上落伍，無法派上用場。

在台灣股票市場蓬勃期，他改學裁縫，準備進入成衣市場工作，結果在服裝界有幾年的榮景，賺了一點錢，在台中買了間房子。然而，九二一地震時，房子震裂，被政府判為「半倒」，所以無法獲賠，只有延期六個月支付房貸利息的優惠，但幾乎於事無補。房子被認定是危樓，無法利用。此時，他陷入了不僅需要支付房貸利息，並且也無法出租或脫手的窘境。原本位於台中大廈的一樓，當年是三百萬買下來預備出租的金母雞，如今因付不出利息而只能被銀行法拍。

在這幾年以前，因他在成衣公司表現良好，他能為人製作全套手工西裝，能設計、能打樣，公司預備派他到大陸去當成衣廠廠長。但是，就在那時，他的媽媽得了腦溢血。兄弟姊妹們便商議，輪流照顧。這樣輪流照顧實行沒多久，之後因為兄弟姊妹各有所忙，或有家累與殘疾，而阿吉當時仍是單身，無家累，以致照顧媽媽的工作最後還是落在他的身上。就這樣，他失去了工作升遷的好機會，陸陸續續地照顧了媽媽二十年，直到媽媽過世。

由於他所學的裁縫技術是傳統的手工技術，幾年後，經濟情勢變化，傳統裁縫技術也完全被電腦繪圖取代，他的精湛手藝，變成全無用武之地。又因裁縫是他發跡的專長，所以，他和他生平一位最好的朋友合作開了間服裝公司，並把自己的人頭借給了那位朋友。沒多久，因朋友經營不善，公司虧空破產，朋友從人間蒸發，避不見面，他的朋友以阿吉的名義所開的支票都跳票了，他就成了銀行查扣的對象，不止積欠銀行幾百萬的貸款，還要擔待朋友所欠國稅局兩百多萬的稅。至此，他變成了一位不能有銀行戶頭的人，因為只要一有錢存入，國稅局就會自動將他的錢凍結來抵還那不是他所欠的債。至此，他的問題好像是車子開到了山中，忽然遇見落石，在極力閃躲下，仍然被落石擊中，車子破了個洞，但人幸無大礙。但在開往山下的途中，又遭逢土石流，在極度驚恐中，連人帶車一同被掩埋在山谷中，然後，被禁閉在黑暗並快速缺氧的車廂內等候希望渺茫的救援一樣。

我試著為他所遭遇的災難理出一個頭緒，只有引發我更大的困惑。他因借人頭給朋友開公司，但朋友惡性倒閉，所留下的債務就成了他永無止境的夢魘。他因太相信人，使他在有生之年，成了永遠負債、持續被追討的流亡人。因為是欠國稅局的債務，他就被限制出境。他曾說，搭飛機出國旅遊，成了他一輩子都不可能實現的夢想。法院的判決使他成了永遠無法去除污名的共犯，原因在於他無力聘請有力的律師來為自己辯護。這故事好像是有個富人家遭竊，盜賊早就抱著金銀財寶潛逃，財主只好站在家門口，看見經過的第一個人，就將他逮住，綑綁起來，稱他為賊，關在私人監牢，要他一輩子還債。我怎麼想都不覺得這是個合理的作法。有時候，我甚至覺得我們都像是那呆立一旁、冷眼旁觀的群眾，完全無視於那富人兇狠而自私行徑的幫凶。

阿吉雖然長相舉止都有點土氣，但他的資質其實相當聰穎，他夜間補校的成績都極為傑出。只是，當他開始要一展長才時，他的專業就已經被時代淘汰了。在阿吉青少年時，他還曾學過紮紙花的技術，能製作一手美妙的紙花，然而後來人工紙花被大量生產的塑膠花取代，以致他的技藝也無從發揮，連基本的維生能力，都受到威脅。從我高中跟他分手後，他辛苦所學的與所走的路，在這如陀螺般運轉快速的時代裡，總是不幸地成了夕陽產業。他基本上是持續生活在為經濟憂慮的日子裡的，這就是我說的機運，好像他的命運總像是開慢了半晌的火車，而使接下來所有的行程，全都誤了點。又像骨牌效應一樣，只要厄運的第一張骨牌被命運之神的手指輕輕地推倒，那麼，接下來的每一張排，不管路徑多麼彎曲或悠長，都會如期地被推倒，直到最後一張小小的骨排倒下為止。

V

如果阿吉的身邊有個善良的女孩，能陪伴在他身旁，給他生個兒子、女兒的，那該多好。

我有好幾次看見他，在看見朋友的嬰孩時，就像給神奇的魔術棒點了一下，突然換了個人似的，臉色神情跳躍，兩眼發光，迅速從原地站起，衝到嬰孩那兒，一把就把嬰孩抱起來，像個飢渴的怪叔叔似地親吻著嬰孩，情緒中混和著極度的溫柔、憐惜和渴慕。他那樣的舉動，讓我覺得他比任何人，都更適合擁有小孩。而且，他絕對會為小孩和妻子赴湯蹈火，任勞任怨，犧牲到底的，就如他守護自己的腳踏車一樣。那麼，儘管他的命運坎苛，但總算有個盼望。而且，阿吉應該是那種從一而終，死心踏地地跟著一個女人的男人。

關於他的情史，我有一次大膽的問他有無女友，因為以他的外貌和弱勢的經濟條件而言，我從來不敢奢望會有女孩喜歡上他。結果，出乎我意料之外的是，他竟有一位心儀的女友，而且交往了二十年。他一直渴望能與這位長久交往的女友結婚。但是，最後她卻出家當尼姑了。這事讓阿吉灰心至谷底，成了他心中永遠的痛，甚至比房屋半倒、被查封、拍賣、被朋友陷害而積欠一屁股的債等事，更讓他感到沮喪。不過，阿吉不放棄，他仍然在她出家後，等了她十年的時間，希望她能有回心轉意的機會。但是至終，他還是無法挽回女友堅定了斷塵緣的心。最後一次去廟裡看她，那時，阿吉已經四十五歲了，那也是他們最後一次的見面。當然，日後更因阿吉經濟困窘，身體狀況逐漸衰敗，他也完全放棄結婚成家的念頭

我們重逢後，再次見到他時，他竟得了腎萎縮。什麼是腎萎縮？怎麼會得這種病？我完全推想不出來。對於這種事會發生在他身上，我越來越覺得有所謂命運或咒詛之類的事。要不，世事就是毫無邏輯的，簡直像失了雷達的飛機飛在一團亂雲裡面一般，前方既深不可測，全然不透光，又有亂流襲擊，使機身顛簸不已，有命危在旦夕之感。醫生警告他，他的腎功能已經接近尾聲，微乎其微了。這使我想起，他住在我家附近的山邊時，有一次，我帶他去騎腳踏車運動，有一段山路，是鑾陡的上坡。他騎到一半不支倒地，滿臉發白，坐在地上，直冒冷汗。我當時真怕他會死在我的面前，我和朋友都嚇得膽顫心驚，雙腿發軟。那是我第一次經歷到，死其實是離我們很近的事，我們幾乎隨手就可以觸摸到它的存在。我想，那時他的腎功能應該正在急速萎縮之中吧，厄運似乎仍然有它可辨識的腳步，只是常被我們忽視。

鄭真堯／繪

後來再次見到他時，他已經開始洗腎了。從他的口中我慢慢瞭解他家族的遺傳史；他有兩個姊姊，分別得了子宮癌和腎衰竭而病逝。早年，他的母親也是得了糖尿病而過世，弟弟先開始洗腎，自己則剛開始洗腎。這樣的家族病史，不可謂不壯觀。而且，醫生說，只要一開始洗腎，就沒有回頭路，就要一輩子洗腎，洗到路終。我曾問他為何他家人有這麼高的洗腎機率，他自己推測的原因可能是因他從年輕得了鼻竇炎，然後長期吃了來路不明的中藥所致，使他的腎逐漸衰竭，淪落至洗腎的命運。至於他的家人，我想也多半和長期吃中藥有關吧。這幾年，我偶爾聽見政府廣播宣傳，不要隨意聽信地下電台賣藥的廣告，防堵百姓迷信上當。但在二十多年前，地下電台進行置入性行銷，節目商品化的行為，從來無人問津，台灣洗腎人口比率，已高居世界首位。每當想到這裡，我就不知該如何來思考這樣的事，而陷入深深的抑鬱裡。我感覺他好像被誤判了死刑，而罪卻不在他。在這世界上，真的有一群人，一個一個地陷在病魔的網羅裡，而我們卻束手無策。

有半年時間，他受背痛攪擾，醫治無效。我見到他時，總是頭髮油膩，形容枯槁，面有黃膽的感覺。為了生活與還債，他每天還是得晚出早歸地開車。因著洗腎，睡眠品質極差。有一個秋天的夜晚，明月皎潔，我走在山邊的小路上，隻身前往看望他。他正預備搬家，屋裡打包許多紙箱，這工作已經陸續進行了幾個月，但還沒有打包完。他的爐子上正煮著地瓜，鍋子吱吱地響著。屋內有一幅像日本畫的作品，是他的作品。用宣紙畫的，畫面像在有波濤的海面上，一個漁夫正在船上撒網捕魚，畫風是日式的風格。那使我想起一幅古畫，描寫的是孤舟簑笠翁，獨釣寒江雪的景象。我指的不是畫面的內容，而是那種無可逃避的心境。

後來又有一次，我和妻子一同去看望他，他因感冒而聲音沙啞，在家休息。我們進了他那被那裝洗腎藥水的塑膠袋與紙箱堆滿的房間，爐子上擺著一鍋開水煮過，白色無調味的麵條。我們在僅容三人的狹小空間裡站著談話，並且禱告。他羸弱的聲音，像斷了針的唱盤，因聲音沙啞而中斷，我接下他的禱告，為他祝福，試著用聲音蓋住他深沈的憂鬱。

幾個月以後，他又告訴了我一個駭人的經歷。那段日子，他每天工作到清晨三、四點回家後，洗個澡，吃點東西，然後會例行地進行自我腹膜透析式的洗腎，待器具安置妥當後，大約會折騰至微曦顯現，才躺在床上，設法進入睡眠。好不容易睡著後，就得睡到中午才能起床。但是有一天早晨九點多他就醒了，沒有理由地想上廁所，當他在廁所中時，忽然聽見臥房中「轟」的一聲，心頭一驚，趕緊跑進臥室一看，赫然看見床頭正上方的冷氣機，正好砸在他所睡的枕頭上。

當時他仍住在北投山邊的一間小房內，因房東要收回並賣掉那房子，所以他得在短期內搬家。我陪他去看一間出租的房間，房間座落在一棟私人豪宅內，院子裡停著一輛名車，有一隻向我們咆哮的狗被繩子拴著，不斷向我們衝來，然後頓然被繩子勒住脖子。我們上了二樓，進了預備出租的房間，裡面傢俱凌亂，牆上壁紙斑剝，露出好大一片潮溼蔭黑的牆面，鐵窗外面對的又是鄰居的房子。不到三分鐘我們就打消念頭走出來了，來到樓下院子時，那隻虎視眈眈的狗，突然從角落向我朋友衝來，快咬到阿吉時，繩子勒住了狗的脖子，狗被彈了回去，但牠的動作與叫聲仍然把我們嚇了一跳。

後來，他離開了北投，一個人搬到社子島上去住了，因為那裡的房租最便宜。唯一不方便的地方，就是下雨天會淹水。不過，因為租金便宜，所以也就將就了。

VI

對於洗腎之後的命運，我真的不抱任何希望。好像在染濕的水彩畫紙上，持續塗上灰色的顏料，越塗顏色越加陰暗。

兩年後，我打電話給他，得知他換腎了，而且手術成功。

「換腎！換腎⁉」我不免驚呼。

「真的換腎了？你等到腎了⁉」我以從未有過的激昂聲音向他發問。

「對呀！還好找到我了，要不就那顆捐贈的腎會失效了⋯⋯。」從電話那端傳來的聲音顯得微弱，並且壓抑著喜悅的感覺。我也是第一次打從心底為他感到高興。

這是我聽過關於他最令我振奮的消息了。長久以來，每次從他而來的消息，總是令我沮喪得不知如何反應。當然，為了換腎，他也是等了很久的時間。本來那顆腎是要移植給一位老太婆的，但她臨時過世了，所以就排到他了。我感謝上蒼，祂是公義的，他多年的死刑似乎終於得到了緩解。他終於有好運的時候，我真要為這事好好感謝神，多年以前的禱告似乎得了答應。

不過，他的生命中似乎總是有破口漏洞似的，稍微平順一點時，我又接到他的電話說他住院了。因為跌倒摔斷了手腕，在醫院動了手術，住了幾天。我問他，到底怎麼傷的，他說是在一次開計程車時載客，客人喝醉了酒，不只不願付車錢，還動手打他，他在自衛時，不慎跌倒而折斷手腕。我站在醫院走廊上，靠在他臨時的病床邊，周圍擠滿了一床床像汽車塞在車陣中，擁塞著動彈不得的等待病房的病人。我望著他有點蒼白的臉，他沒有怒氣，沒有抱怨，只有平和、淡淡的無奈，以及認命的神情。我除了為他禱告之外，沒有半句可以安慰他的話。

我常覺得阿吉的事業與人生都被這世界無目的而嚴厲地整肅了。他最後的職業，是開計程車。除了會開車和找路外，那是不用任何特殊技能的職業，也是可以在最短時間內賺到錢的工作。那年代只要民眾申請執照，政府就毫無限制地發照，造就了台灣計程車數量滿街充斥，司機的水準參差不齊，甚至許多失業的老闆，都以計程車司機的行業，作為轉業的跳板。阿吉就是在這樣的背景下，也選擇開計程車作為維生的方式。當他開始開計程車後不久，台北捷運也相繼蓋好了，因此乘客數量銳減，他的生意當然不如以往計程車業的成績，加上他的車輛是二手的舊車，在乘客會挑車的影響下，他的計程車載客率，可以用門可羅雀，入不敷出來形容，而且必須在天黑以後開車，以增加載客率。雖然如此，為了生活，即使為了一塊錢，也得努力去賺。

VII

今年過年，他打電話給我，問我我父親在哪裡，他想去探視他。我說我父親也正好在北部過年，所以就約好了時間來看我父親。

他帶了一盒蜆精給我父親，說對肝好，也為我母親帶了一盒雞精。而這次我從他得到最新的消息是，他因為換腎必須吃抗排斥的藥，又得了糖尿病。現在他的體力因換腎而稍好，只有努力開計程車賺錢，但必須留意糖尿病的威脅。白天沒客人，只能晚上開車，白天睡覺。所以，睡眠有困難，無法長眠，清晨醒來就得花很長時間才能再度入眠。我看著他有點發胖的腰，比以前都要肥潤，臉色也不再乾黃。他說他新移植的腎是裝在前腹部，他一邊說著，一邊拍著自己的右腹部。他還活著，而且胖了，我心裡暗暗地感謝神。

他說他自年輕時就很想自己鋸木頭做樂器，像是琵琶或古箏之類的。前一陣子，他在網上購買了十棵紫檀木的樹苗，把它們種在他住處外的公園裡。結果，有一天醒來出外一看，十棵漸長的紫檀樹，被清潔員用削草機給削掉了九棵，只剩下角落的一棵沒有被削掉。於是他趕快將它移植到室內的花盆內。他說紫檀樹是大樹，可以長幾十公尺高，它的樹幹是專門拿來做樂器的。

他說：「但是種在花盆內的紫檀樹是長不大的，所以我種了也不知該怎麼辦，心裡就是想種。其實，我也等不到它長大的時候，因為那要等上好幾百年。」說完，他咧嘴笑了。

我轉頭看看我大病初癒的父親，他也是一副發楞的表情，嘴巴微微地張著，也許想說些什麼，但始終沒說出甚麼話來。

在一段沈寂之後。

「你現在還畫畫嗎？」終於，我父親問。

「沒有啦，很久不畫了，現在根本沒心情畫畫了！」他邊笑著邊拉高了音量地回答著。

我在想，但始終沒有發問，不知他還聽不聽布拉姆斯和李斯特的交響樂了。

VIII

一個冬天的下午，正思索著他這極端無奈又離奇的人生際遇時，我踱步出門散步。

在陽明山山腳下的公園裡正走著的時候，從我左後的上方，約十五公尺高之處，飛來一隻老鷹，爪子銜著一條約一公尺長的蛇。飛行中，蛇在老鷹爪中扭動身軀，當老鷹停在十五公尺高的一根橫的樹幹上後，向蛇的頭部啄了幾下。接著，蛇的尾部向下墜落而垂掛著，似乎不再掙扎，漸漸失去生命的跡象。老鷹仍以鷹爪緊緊扣住蛇的頭。只是從下方觀看，我看不見蛇的頭，只看見背向我身軀英挺的老鷹，以及垂釣著的一條不再扭動的蛇的尾巴。我在樹下駐立了一會兒，抬頭凝視，然後，轉身離開了那個樹林。

我回想著關於阿吉的種種事情，雖然和他相識的這段日子，我和他常常斷了音訊，但每次恢復和他聯絡，得知他的種種遭遇時，又在在令我扼腕。認識阿吉超過四十個年頭後的今天，我也成為了一位大學的老師，不過到今天為止，我還沒有遇見到一位每年都會來看望我的學生。阿吉只曾經跟我父親學過半年的畫，而我父親因他家境窮苦，又認真向學，後來就不收他的學費。他那感恩的心，至今猶存，沒有因日子的困頓而喪失。

他的故事雖暫時告一段落，但他的生命並未結束。是的，他仍然活著，而且仍有一種勉力為之的意志。我思想終日，始終無法為他的故事下個結論，什麼是命運？什麼是生命的韌性？我也無法明確的定義。然而，我感覺到一種看不見的、隱密而真實的生命韌度，存在於阿吉的心中。各樣環境只是把阿吉打得遍體鱗傷，但它似乎並沒有傷到阿吉的頭，並且讓他存活了下來。我相信，只要阿吉還有一天的氣息存在，他就有一天活著的動力，好像每枝小草上都鑲有一滴晶瑩剔透的露水一樣。

從今年起，他似乎又恢復了探望我父親的習慣，我為此暗暗地慶幸著。

員工旅遊

—

幾年前，我在台灣一家科技公司上班，擔任電腦軟體設計人員。有一次，我參加了我們公司所舉辦的員工旅遊，地點是到美國紐約的國家自然科學博物館和藝術博物館作一趟知性之旅。說來詭異，那趟旅遊，幾乎瓦解了我日後的工作價值。

為什麼我會有這種想法呢？不是我有什麼先知的異能，能洞悉事物的真相，而是事情的發展，像水到渠成一般，總讓我撞見一些不可思議的事，促使我不得不做某方面的臆想。以後，我成了一聽見員工旅遊就敏感的人，幾乎是一朝被蛇咬，十年怕草繩的感受。

事情是這樣的，我所任職的公司是間電腦公司，專門為各種企業設計應用軟體，像是建構一個運作系統，或是資料庫整合，會計運算，或程式除錯等業務，而我負責的是程式設計的工作，根據公司不同的需要，為他們設計可以工作，並能產生生產力的軟體。因為這工作我已經做了好多年，所以公司的需求和每日工作的負荷量，我都能游刃有餘地應付。我原本沒有興趣參加公司的員工旅遊，但我卻因著沒有拒絕的理由而參加了。在公司公布旅遊通啟的當天，是個天色相當灰暗的下午，我的經理偷偷地把我叫到他的辦公室裡去，事情就是從這兒開始的。

我懷著忐忑不安的心，緩緩打開經理室的門，然後，我被從門後跳出來有點鬼頭鬼腦的經理嚇了一跳。經理快速把門關上，還向外偷瞄了一下，看看有沒有人瞧見我走進來的樣子。經理在確認一切安全無虞後，才坐回他的位子，然後低頭想了五秒鐘後，抬頭望著我。

「你在這裡的工作還滿意嗎？」

「還算滿意！」

「很好！你知道公司這一次為什麼要辦員工旅遊嗎？」

「大概可以理解！抒解員工工作壓力吧！」

原本面露微笑的經理，臉色逐漸轉為陰沈，有時還閃現了點狐疑的表情。

「為什麼要去美國自然科學博物館與大都會博物館呢？」老闆繼續以試探的語氣問我。

「大概是對員工的增廣見聞，增加國際觀，以及能瞭解美國商情有關吧？」我用猜測的語氣回答著，心想這是你們的決定，問我幹嘛？

老闆聽了我的回答後，滿意地笑了笑，清了一下喉嚨。

「很好，公司最近接到一個案子……。」經理停頓了一會兒，似乎在想如何正確地說明那個案子。他用手微微扳了下他的眼鏡框，露出下眼白機伶的眼珠子向上眺望了我一下。

「這個案子有點複雜，嗯……，簡單說，就是要為公司除去不適合的員工。」

一時間，我陷入了困惑，這跟工作有何關係？

「也就是說，我們需要替我們的客戶除去他們公司裡不適任的員工。」老闆進一步解釋著，好像怕我聽不懂似的。

「那麼，我們該如何來做呢？」我望著嘴角抿著、有著海獅一般的眼珠子的經理，試探性地發問。

「很好，你言歸正傳了。」經理有點緊繃的情緒，有稍感抒解的現象。然後，他一臉笑容，又忽然轉為嚴肅。

「很簡單，請你為我們設計一個軟體，能夠執行這樣的工作。」

「什麼樣的軟體？」

「就是能為客戶的公司除去不適合的員工的軟體。」說完後，又陷入靜默。

我望著老闆堅定中帶著勝利者的微笑的表情，猶如在大霧中開車，以試圖找尋前面的道路的心情，思想著該如何回答。

「但為了能讓這個工作進行得徹底而準確，沒有瑕疵，也就是產品有品質的保證。所以，本公司希望在你設計完成之後，先在本公司的員工身上進行測試，看看它的執行效果如何，能否為本公司創造真正的利潤與奇蹟。」

工作的習慣使我陷入了沈思。

從我的工作經驗裡推測，我想那應該是一種人為監錯系統，或人格除錯系統吧。要判斷誰是合適的？誰是不合適的員工，必須收集許多資料，除了基本的人事履歷之外，還得有員工表現的資料。若用電腦作判斷，需要收集由員工在工作期間所發出所有的生理和身體的資訊與數據，作為判斷的依據。這還需要應用生化科技，感應技術，結合電腦科技於一身的創意科技……只是運用在實際的人身上，似乎有點不近人情，或許太冷酷了點吧？

「公司希望你能保密，這件工作要在暗地裡執行，絕不能讓任何一位員工得知有這樣的工作正在進行！當然你會獲得一筆還不錯的報酬的！」經理將身子往後躺在沙發椅背上，兩手向後交叉靠著後腦。他盯著我有點不知所措的表情。突然身子像海狗一樣地靠在他的辦公桌上，粗而又短的雙臂扶著桌面。

「這樣你知道，公司為什麼要辦員工旅遊了嗎？」

「不知道。」我說。

「這個不重要，到時候你自然會知道，現在只要開始認真執行你的任務吧！」說完就揮手表示我可以離開了。

＝

我為了設計這個程式，費盡了苦心。首先，我得討好我的手下，尤其是做感應器和運算部門的員工，我希望他們幫我設計出一種能計算出人的情緒資料的感應器，就是藉著偵測出人的廢氣（怨氣）排放量、臉上皺紋的深度變化、嘴唇厚薄和濕潤度變化、身體脂肪含量等資料的一種裝置或器具，作為判斷人情緒變化的指標工具。得到這個數據後，再將這數據與每個人的資歷、工作業績與表現作比較，以計算出，或預測出員工的ＥＱ均值、健康指數和創造力的數值，再推算出什麼樣的員工是最具工作效率的，什麼樣的員工是最沒有效率的。哪些員工是最符合投資報酬率的，哪些員工是高風險的職員等。這些設計原本是公司應用在找尋客戶的需求，以及創造客戶的需求的指標上的。很諷刺地，現在經理要我把這項科技應用在自己員工的身上，也是為著公司的利益。我竟然在以公司利益之名的呼招下，不知不覺地成了同事的叛徒，為了公司的利益，以員工死活為芻狗。甚至還掛著政治正確的名牌呢！簡直詭異極了。

理論上，這樣的構想似乎能幫助公司偵測出，誰是比較不適任的員工。但是在執行這項計劃上，公司該如何安裝這樣的裝置？並且能在神不知鬼不覺的情況下完成這項工作？況且，我也感覺到，人的感應能力，可能更優於數位辨識系統，在還沒有安裝這些器具以前，人的嗅覺是否能偵測出這項詭異的陰謀計畫呢？也許我還未開始執行這計畫以前，就要在神不知鬼不覺的情況下，先被同事給作掉了呢！我越這樣思想，就越覺得自己身陷流沙，動彈不得，怎麼動都會越陷越深了。

為了達成這計畫，我必須想出非常實際的客戶需求，提供給感應器和運算部門的同仁們，作為公司新產品開發的目標，並且要他們限期完成，以年終還要舉行商展為藉口。要執行這件事，真的讓我傷透腦筋，儘管這樣的設計構想，在我的私心裡，給我一種莫名的驚駭與刺激感，但其中也伴隨著強烈的罪惡感，和不定時會浮現的恐懼情結。我真的要為公司創造業績，是藉著犧牲自己的同事嗎？這是當我在做這事時一直耿耿於懷的。可是，寄人籬下，我似乎也沒有轉圜的餘地呀！生產第一，利潤至上，公司的守則這麼要求。我開始怨恨起那家找到我上司的客戶，心想世上怎會有這樣的老闆？想得出這樣令人深惡痛絕的需求。

三

員工旅遊出發的當天，在機場發生了個小插曲。就是我們公司別的部門中一位名叫欽的同事的妻子，那天氣憤憤的來到機場，聲稱要捉姦，硬是把我同事欽拉住，不讓他出國。因為她懷疑欽和公司同事有染，故意不讓她與他一同參加員工旅遊。說也奇怪，欽為何不讓她妻子知道，他要參加員工旅遊，其實他太太是可以參加的。不過，這是他的家務事，我也不便過問。欽那次終究未能成行。

不過，旅遊仍然繼續進行。

我們和其他兩個部門一行三十幾個同事，全部都在紐約大都會博物館中閒逛，那時正好有梵谷的畫作展覽。我特別待在他的自畫像前很長一段時間，也許是我的工作太霸佔我的心思，我感覺梵谷的表情似乎在發出什麼訊息，一種沒法描述的像是夢思一般的東西，在我的腦海中飄蕩。有看不清的物件的影子，在飛舞，數字快速變換，成了一串串的珠子，有光線從後面射出來綠色的光芒。

然後，我被同事喚醒。

「ㄟ！走了，他們都走了！」

我回過神，轉頭看見我的運算部門的同事，有點不悅地看著我，好像在指責我為什麼拖累大家的時間。

「離集合時間還多久？」我問。

「兩分鐘！」同事斬釘截鐵地回答。

「那你怎麼還在這裡？」我問。

「我正在找出去的路，剛好碰到你，想不到你還在看！」他的聲調有點激動。

我們開始尋找博物館的出口，但是越走似乎越失去方向，我們迷失在埃及木乃伊的展覽間中。裡面有模擬金字塔內部結構的石壁、墓穴與棺木，燈光昏黃，在有點緊張的氣氛中，頓時之間，感覺好像被帶回到兩千年前埃及法老下葬的時刻，所有的通道都像《法櫃奇兵》裡哈里遜•福特在盜取寶物時，觸動了機關，導致所有對外的通道都一一自動關閉，並被砂石掩埋一樣。

「ㄟ！你到底知不知道出口在哪？」胖胖的同事有點火大的問我，臉上冒著汗珠。

「應該就在附近！」我說。雖然心裡有點心虛。

IV

旅遊回來後，公司的氣氛並未有多大的改變，除了我的一位同事離職了之外，日子仍然緊張而忙碌。

計畫持續進行的三個月後。有一天，經理把我叫到他的辦公室去。他仍然帶著時而狐疑，時而得意的表情望著我，靜默了五秒鐘。

「你的設計，我們已經秘密地做了測試。」經理說完後，又靜默了一會兒。

「對象就是你的部門的員工。」

「我部門的員工？」我問。

經理用閃爍的眼神瞄著我，然後說：「我們發現你的設計，有實際的功效。」

靜默。

「知道你的同事為何離職嗎？」

「不知道！」老闆開啟了我的疑竇。

「因為他被測出來，是本公司年度價值最低與投資報酬率最低的員工。」經理把頭一甩，忽然定睛望著我。

「這還要拜你的設計之賜呢！」經理用調侃的語調說完後，海獅般的眼睛竟眨了一下。

「你是說我設計的軟體？」我有點激動的問。

經理點了點頭，話鋒一轉。「不過，這也給公司帶來極大的困擾……。」

「什麼困擾？」我的疑竇越來越深。

「經過多次檢測和運算，如果準確的話，我們被迫要繼續地開除一位……我們一向很器重的一位員工。」老闆睜著海獅般的眼睛望著我。

「是誰？」我突然感覺辦公室的溫度降到冰點。

「這個嘛……。」經理又現出了狐疑的表情，我有點虛脫的感覺。

「真的很抱歉，就是你！」一時間，我無法相信自己的耳朵，頭腦發脹。

「為什麼是我？」我顫抖地問。

「因為你被檢測出來是本公司年度最高風險，最不適合長時間聘用的員工。所以長痛不如短痛，我們決定早些告訴你，免得耽誤你找到更適性的工作。」老闆好像給我施了個恩惠般地說。

我有一種被人在背上刺了一刀的疼痛感，眼簾內突然冒出梵谷畫中散射的綠色光芒。

「你們什麼時候安裝了偵測系統？」我無意識地質問。

「記得那次員工旅遊嗎？」經理故作神秘的表情，讓我幾乎喘不過氣來。

「請你先不要動怒，公司請你設計的只是軟體，除錯軟體，而且我們

鄭真堯／繪

可以說，你設計得不錯，絕對值得同業公會大大的肯定的，應該可以獲得大獎的。」

我激動得說不出話來。

「為了公司集體的利益，我們只是需要未雨綢繆，而這跟你所設計的軟體好壞是無關的，這點要請你瞭解。」

空氣比冰點還低，我的呼吸都有了困難。為了避免悲劇發生，我壓抑著性子，轉身就走出了他的辦公室。

V

一個月後，我找到了新的工作，工作性質和我原來的工作類似，也是程式設計的工作。我順利工作了兩個月後，有一天，老闆找我到他辦公室去。他是個短小精幹的外省人，皮膚很黑，還喜歡戴黑眼鏡，即使在室內，他都戴著黑眼鏡，總讓人看不見他的眼神是怎樣的。他喜歡笑，為許多事情發笑，而且笑得很快，節奏很快，好像世事都在他的掌握裡那樣自信的笑。

他笑的時候，脖子會縮起來，整個頭像短了半截，縮到身體裡去了似的。總之，從外表看，他是個很有能力的人，要不，他怎能在短短半年內就創造了出奇的業績，能在同業裡睥睨群雄。

在這家公司工作時，我遇見一位叫傑的同事，他堅持要跟太太離婚，但他的太太柔性抵抗，一直拒絕正面回應，仍然希望挽回婚姻，因為他們已經有了一個小女兒。我見過他的太太，真的是個美人，女兒也可愛至極。我不能理解，有這樣好的家人，為什麼他這麼執迷不悟，堅持要離婚？後來我發現，是因為他太太拒絕他買一輛Lexus跑車，他自認這麼努力工作養家，買輛跑車開開，款待一下自己，有何不可？太太竟一直反對，他不能容忍他身邊的人是他忠誠的反對者，所以他乾脆提出要離婚。

不久，這家公司也舉辦了員工旅遊，旅遊地點是到北美的加拿大尼加拉瓜大瀑布，順道參觀紐約大都會博物館，外加參觀美國國家自然科學博物館。我對這個行程，無來由地，開始眼冒金星。所以，我選擇拒絕參加。當然，同事並不知道我不參加旅遊的原因。

旅遊結束後，老闆有一天把我叫到他辦公室去，說要跟我談一談。我立即產生強烈的不祥感。

我走進他的辦公室時，他正在倒咖啡，因為他喜歡喝咖啡，喜歡到一種程度，他的整排牙齒都呈現咖啡色，這是我在他笑的時候看見的，大概所有人都看得見吧！他倒完咖啡，端著一杯碗狀特大杯的咖啡走向他的座椅。然後，以非常飢渴的狀態，狠狠地喝了兩大口，並用手掌擦了下嘴角溢出來的咖啡液，然後笑著看著我，露出他前排咖啡色的牙齒。

「你要不要喝一杯咖啡？」他問。

「謝謝，不用，我剛喝了一杯。」我回答。

「你知道喝咖啡可以防止老人癡呆症？」說完，就嘻嘻地笑著，聲音像氣喘患者的呼吸聲。

「我知道，所以我每天喝一杯。」我說。

「你知道我們公司每天只喝一杯咖啡的人，都做得不久？」他說這話時，仍然面露笑容，露出咖啡色的牙齒。

我頓時心頭一絞，對於他將要說的話感到莫名的恐懼。

「你知道我為什麼找你來嗎？」他的咖啡色牙齒問。

「不知道……。」我吞吐著。

「我們要請你走路，而且，相信你也會同意的，如果你是老闆的話。」

「為什麼？」我鼓足勇氣地問。

「你知道我們公司，為什麼能賺錢嗎？」

「不知道。」我冷漠地回答。

「因為我們公司的員工，基本上都維持在高度生產力的精神狀態下的。經過我們專業的評估，你的生產力在本公司裡是最低的，而且你似乎不很滿意你現在所做的，表示你並不適合做這個工作。我們一直在尋找適性的工作人員，就是有足夠的生產力，而且在公司裡一直表現出高度的愉悅感，像我一樣。」他再次露出他咖啡色的牙齒，像氣喘般地笑著，然後，又大大喝了一口咖啡。

「你憑什麼說我不適性？你怎麼知道我不快樂？」老闆的話頓時給我有似曾相識的感覺。

「很簡單，我們有一種科學的工具，可以測知每個員工的工作精神狀態」他的嘴不斷開合，時而爆出像氣喘般的笑聲。

天空突然出現一道閃電，直接打在我的腦門上。難道，我原來的老闆是為現在的老闆工作？剎時間，我腦子短路，竟昏了過去。

VI

我已經不記得是怎麼離開了老闆的辦公室的。總之，我也不再為第二家公司工作了。我已經決定不再寄人籬下，自己開了間公司，將我以前設計的軟體，加以改造；改成「如何為你公司找到最適性的員工？」可以在面試時收集數據，然後幫助公司做出最精確的決策，找到最好的員工。雖然到目前為止，尚未銷售成功，但我相信我的善良意願，終有一天會得到回報。

這些事情以後，我似乎悟出了一點蹊蹺；我所設計的軟體，可以測出人的情緒指標，卻測不出人的道德水準。所以，造成判斷上的謬誤。而且，就算後者的技術有朝一日被發展出來，應該也不會被重視，因為與生產力的關係薄弱。所以，我發現，就因我的專業，我有責任也要為此事除錯。

梵谷畫中的綠光又在我眼簾中顯現。

有沒有一種儀器，能幫我們找到我們未來的心上人？免得自己花那麼多時間精神體力談戀愛，然後在結婚後仍必須面對對方根本不適合自己的折磨。不過，悲觀的來看，這設計會不會導致人們永遠找不到配偶？或者，我應該選擇觀看積極面。畢竟，這世代太需要這項產品了。

瘋狂的羽毛

一

已經秋天了，天空的雲每天都有令人驚訝的鋪展和姿勢。有時鬱悶、有時舒爽。但很多時候，很像是隕石，會在你心版刻上一些挺深邃的話，或像羽毛，在你情感的思維裡拂上輕盈的觸感。雖然模糊，卻揮之不去。

說來奇怪，最近她常跑到我的腦子裡，忘我地唱歌跳舞。我也不知道為什麼會想到她。總之，在我心裡，那情景一直激起我某種遺憾與悲愴的感受，而那感覺就如細得不能再細的風箏線，隨時都會被扯斷了地似的。

她長得粗粗壯壯的，皮膚黝黑，五十多歲，胳膊跟腿都挺碩大的，但是還算結實，腰圍很粗，臀部是全身最大的部份。從外觀看，她似乎是個很有力氣的人，感覺若她施起力來，應該可以制伏一個年輕小伙子，將他框在她的懷裡動彈不得的。不過她應該不會做這樣的事吧，因為她算是個挺有愛心的人。每當她來見我們時，總會帶點東西，像是鳳梨、芭樂、香蕉與地瓜葉等奇特的水果或菜餚的組合，給大家分享。

她喜歡跳舞，在人多的場合，她會情不自禁地手舞足蹈起來，配合著她刻意將自己裝扮得有點顯眼，所以很容易吸引人的目光。她似乎能從這樣的舉動中，獲得滿足，獲得聖靈的充滿，真的像聖經裡所說的大衛在神面前癲狂一樣。

整體而言，她的身體是很強壯的，但是她的精神狀態，卻不是恆常穩定的，也就是多少有點躁鬱的傾向。她說話的聲音帶點沙啞音質，常是使著勁說話，脖子上的青筋會浮現出來，好像若她不這樣用著力氣說話的話，聲音就會從她喉嚨裡消失了似的。

二

我認識她是在十年前，她從南部隻身跑上台北，走進我家，參加我家正進行的聚會。她說是聖靈的帶領，便來到了我家。她外表看起來有點粗俗，像鄉下賣菜的婦人，但在聚會中禱告起來，很容易因受感而哽咽，然後她會以哭喪的嗓子繼續禱告，呼天搶地般的聲音，常讓我們心頭為之一震。我不記得她第一次來的穿著，但在接下來每週的聚會裡，她的穿著都可以用

「奇裝異服」來形容。她喜歡戴頂帽子，每次來都戴一頂我們從沒見過，也絕不會想去戴的奇特帽子來，上面還會裝飾著五顏六色的羽毛，有時則是插著一根或兩根很長的孔雀毛。臉上則會配一副只有化妝舞會才會戴的那種造型奇特，像青峰俠戴的眼鏡或墨鏡。

她的穿著總是出乎我們的意料，不僅配色奇特，上身與下身搭配更是令人匪夷所思，不忍正視。雖然人不是不可以這樣穿衣，只是要這樣穿衣，我想總得有極大的勇氣和膽量才行。比如上身綁個肚兜，肩上披個黑色透明蕾絲花邊的小披肩，下身配件粉紅色的絲質裙子，下擺參差不齊。或上身穿件帶金色亮片的緊身衣，下身穿件青色的喇叭褲。以她當時四十多歲的年紀而言，不可說不大膽啊。我們光看那景象就要瞠目結舌了，更別談去問問她為何要這樣穿衣服了。

據我的印象，她沒有一次穿同樣的衣服來，我很好奇她怎會有這麼多衣服，而且一件比一件奇怪，是不是她每穿過一件，回去就把它給扔了，下次再穿一套全新的來？不過，從衣服的質感來看，衣服都像是二手的，不是全新的。當然，我談她不是為了要談她的衣著，主要是她的行徑，常叫我們摸不著頭腦，不知如何應對。不過，我卻從她身上看見生命的深邃、多義和奇特，常讓我懷疑自己看人的方式是否太膚淺了。

三

在和我們聚會一段日子之後，我們漸漸瞭解她是個怎樣的人，只是越是瞭解她，卻越覺得在她身上，仍然充滿了令人困惑的謎。她自小貧困，是家中唯一的女孩，十八歲就被母親嫁給了一位老兵，多少也是為了解決家庭經濟的困境。她是個很孝順的人，雖然小時媽媽常打她，但現在她卻是家中唯一照顧她母親的小孩。自己已經年過半百，有一天，她激動起來，把原來住在南部安養院的老母親背在肩上，帶來了台北，並且扛到了我的家裡，參加我們的聚會。由於她與她的弟弟們擺不平怎麼照顧老母的方式，所以她為了實現照顧母親的心願，就獨立扛起這重擔，像薛西弗斯一樣，把媽媽像巨石一般地，直接扛來了台北，和自己住在一起。她每個禮拜天，都扛著母親，爬上三樓，進到我家來聚會。就這樣，維持了幾個月的時間。後來，因著她母親身體情況的惡化，才又交回給南部的安養院照顧。

她有三個小孩，年紀都大了，而且都離開了她的身邊，兒女們對她這位行徑奇特的母親，多少有點諱疾忌醫似的，總是避而遠之。她是一個人獨居在山上，每天靠著替人按摩來賺錢。她的先生已經過世了，現在她靠著自己所賺的零用金，和已故先生的終身俸過日子，並不富裕，但勉強可度日。說到她的兒女，她就倍感傷心，大兒子在美國，是一位同志，這是她近年遭受的重要創痛之一，我雖然並不排斥同志，她也看起來挺新潮的，但畢竟她還是來自傳統的女人啊，為了兒子是個同志，而痛心疾首了一陣子。

二女兒是與她最親的一位，因看見母親近幾年，精神不甚穩定，於是為母親安排精神照料的機構，要她在裡面安養。但是，她根本是個閒不下來的人，立即拒絕了女兒的安排，從療養中心逃離。接下來幾年，她常在外面惹出是非，叫人心神不寧，像是打了人，或被人打了，出了車禍，或因奇怪的事被帶進了警察局，女兒就會接到電話，得將母親領回。而女兒自己的婚姻已經不保，現在還得掛慮母親，真如雪上加霜一樣難過。就這樣，女兒與母親的關係也因此交惡。小兒子則很少聽她提起過，似乎是被放逐了，只感覺她臉上有種說不出的無奈和苦痛。

雖然如此，她倒是相當謙卑的人，這並不是因為她開了一輛貼滿各種屬靈標籤的「謙卑喜樂靈之車」。這幾年，她盡力在與這三個兒女示好，希望與他們和好。但兒女似乎並不領情，對她總是敬而遠之。這對她造成極大的心理傷害，氣憤得想拿雞蛋去砸女兒。有一年女兒生日，她真的提了兩斤的雞蛋，預備去砸女兒。但再見女兒之前，她說神告訴她不可以這麼做，並且要她學習寬恕，要謙卑。所以，她就提著雞蛋去與女兒和好。女兒聽見此事，備感羞愧，躲在臥房裡不敢出來見她。

IV

幾年前，她認識了一位失婚的老男人，兩人同病相憐，在山上一起過著同居的生活。那位老男人，有煙癮，肺幾乎纖維化了，不能做勞力的工作，只要稍一活動，就要沒命地喘起來。他說話時，聲音也帶著沙啞，好像氣管內壁是由三號砂紙所組成的，空氣通過的時候，像沙塵暴通過狹小的管壁，造成無可避免的摩擦一樣。

他也有坎坷的人生，妻子小孩都離他而去。他自己說，他曾有一番宏偉的事業，但因自己荒唐，導致事業失敗，妻離子散，現在跟她在一起，他很珍惜。不過，他也有苦惱。他的苦惱就是，他太無法預期她下一步會出什麼問題了。他已經被她嚇怕了，在我面前，他會用委婉的語氣來抱怨她的無常與躁動，他說他常被她嚇得要死。她在高速公路上開車時，性子一來，會閉上眼睛，舉起雙手，拍手唱歌起來，說神在為她駕駛，而當時車子是在高速行駛之中。他說這話時，臉上露出一種似乎荒謬無稽、極其驚訝、又滿帶期許要得到安慰的表情，那是一種兩目圓睜，面皮發皺，張著嘴巴，一時仍合不起來的樣子。

有一次，我和弟兄姊妹一同去山上看望她和老男人。老男人在山上擺了個香腸攤，靠那一點幾乎沒法塞牙縫的微薄收入來生活，當然，那時有時無的收入其實是於事無補的，只是總算有點事做，心裡覺得踏實些吧。他們主要的生活費來源，還是得靠著她前夫的終身俸來打發的。他們在山上擺攤位，所租的房子位在山腰，房間小得僅容兩人並躺，所以，他們幾乎都不回住處歇息，而直接睡在他們塞滿雜物的車上，攤子就擺在旁邊。附近的公共澡堂，就成了他們私人的澡堂。車子因為是違規停車，所以，偶爾要接到一兩張罰單，若有罰單，一天的收入就報銷了。

我們到了她指示我們的地點，是夜間八點，白色水銀燈的光線灑在街道上，路旁排列著一個個覆蓋著帆布的攤位。她帶我們到她攤位附近，在有光線的地方擺了張桌子，又拉了幾張椅子，我們圍坐在那張折疊式的木桌邊。我們的旁邊是街道，另一邊是公園，陰暗的光線使我們看不見公園內的景物，路邊因有水銀燈的光，所以還算明亮。那天好像正好是中秋節，我們把帶來的水果和零食放在桌上，隨即唱起詩歌來，歌聲飄逸在夜裡的空氣中，完全被山中的樹林吸收了，以致沒有回音，只有在我們的心裡，迴盪著一種淒涼與不安的感受。

鄭真堯／繪

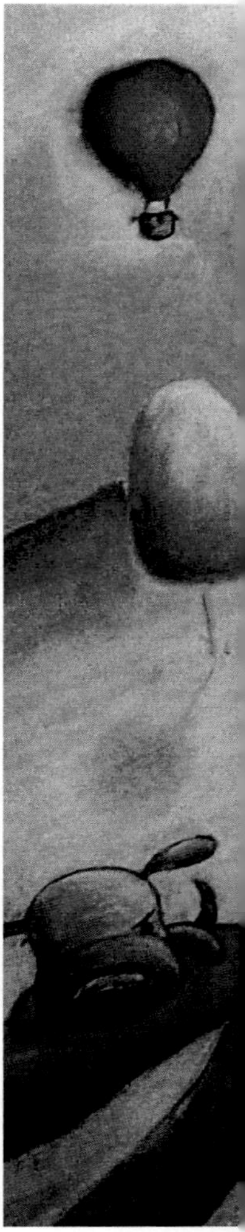

V

老男人身體不好，常臥病在家。她雖然不滿意老男人的表現，但畢竟他是她帶來信耶穌的人。她既然決定與他在一起，就對他不離不棄，不論他如何荒唐，打電動抽煙喝酒賭博的，她始終沒有離開他。她不只照顧老男人，而且每年她自己生日時，她都要煮飯給山上的流浪漢、無家可歸的人吃，像紅十字會救難隊或慈善機構在街頭所做的事一樣。我們有姊妹勸她，說妳都自顧不暇了，為什麼還要做這事。她說她要順從聖靈的感動，每年生日一定要做飯給窮人吃，那是神給她的負擔。有時候，她的所做令我們都很汗顏。

老男人因身體欠佳，多次入出院，陪伴在側的仍然只有她。好幾次，她打電話來，請我們幫老男人付住院費，他才能出院。後來為了生活，他去做快遞的工作。每天騎著破舊的摩托車，穿梭在台北市大街小巷，遞送包裹，和夏天濕黏悶熱的空氣戰鬥，每當喘不過氣來，就得在路邊歇會兒，抽根煙，獲得精神的鼓舞，然後吸口胸腔擴張劑，取得肉體的滿足，活命的基本需求，再騎上摩托車，消失在車流的煙塵中。有一天，他正從一棟大樓的電梯走出來之際，忽然感到強烈的胸悶，肺部因缺氧而產生的劇痛，還來不及呼求救命，就倒在電梯門的中間，喘了幾口氣，就死了。我雖然曾多次勸他戒煙，但他總是像垂掛在山壁中間抓住韁繩的攀岩者，帶著無力的盼望地看著在上頭等著他的我，因失去攀爬的力氣，而逐漸的往下方墜落下去，終至消失了蹤影。

她為他哭了一天，不是連續地哭，而是想到時就哭，像她禱告時一樣，情緒一激動就會哭著禱告。之後，她又回復她單身的生活，聽說她在南部大傳福音，過了一段日子。然後，她又回到北部山上，結交許多擺攤販的朋友，並在她所到之處唱歌跳舞，多數的人都以為她瘋了，然而也有少數人被她奇特的專注力所吸引，而願意跟著她來到我家參加聚會。她所帶來的人，就是被她吸引的人，也許都有一種想看看究竟的念頭，這樣一個大膽而瘋狂的人，到底是從哪裡來的？跟她一起聚會的人，又都是什麼樣的人啊？每當我想到我和我的朋友們，可能被別人當成是瘋子的朋友時，其實我並沒有失去面子的感覺，反而有種帶著微微驕傲、新鮮又奇特地身負使命的感受，我也不知道，這樣是不是正常的反應。

VI

她有一群朋友，多半是她年輕時工作的伙伴。她也把她們帶來聚會，我雖不真正知道她們的職業，但從常識可以推知她們的工作，是和夜店有關的，說明白點，應該是風塵女郎吧。但我們對她們也絕沒有階級與地位上的劃分或歧視，只是像對待一般老大姐一般的態度接納她們。有一次，聽她說她曾帶來過的一位朋友背叛了她，在她南部的朋友們面前毀謗她，還誘拐了她的老男人。她雖然氣憤，但她還是原諒了她的朋友。從幾年後發生的一件事，就可以證明。背叛她的朋友，有一次像惡有惡報地被黑道砍了三十六刀，重傷住院。她還是默默地到醫院去照顧她，為她禱告，直到她康復出院，她們間的友誼，又無聲無息地恢復。

後來，有一段時間，她消失了半年，我們再也沒有接到她緊急求救的電話了。我不知道自己是如釋重負，還是憂慮掛記。總之，她的存在，的確曾為我們的聚會增加色彩和重量。然而，當我們失去了那曾有的撼動後，我們竟也沒有真正認真地思考過前後的差異，也許我們對任何事都太缺乏熱情了，也許這就是人生的常態，我們都經不起太多的變化，常常心如止水。我們都偏愛安穩，只是平淡安穩是否就是人生最佳的選擇呢？當我在思考這個問題時，她也許正在山上某處，忘情地唱歌跳舞呢！她說那是唱給神聽的，也是跳給神看的。

然後，在完全沒法計算的時間進程裡，她又突然地出現了。她的出現，似乎又把我帶回到過去的震撼與輕微的憂慮裡，這令我精神會偶爾緊繃，會擔心她突然在公共場所跳起舞來，然後說她是在我家聚會的人，並帶著一些精神有異狀的社會邊緣人，來和弟兄姊妹見面。然而事實證明，我這樣的憂慮，其實是多餘的，雖然我們確實陸續地看見她帶來這樣的人。不過，這樣的人大都停留不久，他們常像他們來的方式一樣，來得快，去得也快，而且常是無緣由地消失，有時我們常想不起來她曾帶過哪些人來過。她在我們中間的出入，似乎成了我們人生功課的最佳考試題，我甚至覺得，只要我們能嫻熟自如地應答她所出的任何考題，那麼，當我們在處理自己人生的問題時，也一定是易如反掌的。

當然，後來的問題當然是越來越艱深的。我們後來得知，她消失半年的原因是因為她被關進了精神療養院，並且被限制出院。她得了躁鬱症。有一次，她帶著傷來參加聚會，手臂骨折，包著繃帶，膝蓋上還有瘀青的黑塊。門牙脫落，一笑就露出兩個黑洞。我們很難想像，在那樣的傷勢下，她還能像沒事的樣子，出現在我們中間。我們問她為何受傷了，她說因為她騎摩托車時放開雙手，問她為什麼如此做，她說因為聖靈給她感覺，而魔鬼卻趁機攻擊她，使她騰空飛起，摔落地面，因神有保守，像雲一樣地托著她，使她只受到這樣的輕傷。事後，她極度地感謝神保守了她。

VII

盛夏的尾端，天空的雲仍然多樣繁複。尤其在起風的前夕，更是豔麗得出奇。

她把臉塗成全紅，像紅番一樣，上半身穿半透明黑色紗質肚兜，外披一件金色細珠織成的披肩，下身著黑色與紅藍交錯半裙，只罩住膝蓋長度，就這樣走進了我們正聚會的會場。她腳一走進會場，所有的人都被她震動，會中正進行說話的聲音突然中斷了幾秒鐘，像手機斷訊一樣，有幾句話完全聽不見了。雖然大家的外表並沒有明顯的震動，但是內心似乎都經歷了五級以上的強震。奇怪的是，沒有一個人問她：「妳的臉為什麼塗成紅色的？」當然，她也不向我們解釋，只是坐下來跟我們聚會。聚會時，她仍然情緒高亢地發言，為了展示她身上所受的傷，大膽掀起肚兜，弟兄姊妹一片嘩然，有位姊妹因驚嚇產生不自覺的反射動作，差點從椅子上滑下來。

會後，我問她為什麼把臉塗成紅色，她說因為臉部有瘀傷，塗紅是為了遮蓋瘀傷，這倒是令我吃驚的事。問她為何受傷，她說因為她在公共澡堂打掃時，管理員懷疑她偷吃他祭拜的食物，拿掃把打了她，雖然當時她強力否認，但仍然挨了打。我曾經想要為她拍個紀錄片，但是因她的命運太戲劇化了，我懷疑我是否有跟得上的能力，這包括時間、精神與體力，這想法因而作罷。

最近，她變得安靜而正常了，穿著也較正常。我見到她時，她會用溫柔的微笑和我打招呼。我雖不知她接下來的故事會如何發展，但是，至少到目前為止，我很感謝她，出現在我身邊，開啟我無限體諒的可能，打開我狹窄的關於愛的度量的限制。

想到這裡，我似乎看見，在山上某處……。

她開始聲嘶力竭地禱告，嘴巴搭搭作響。然後，她唱起歌來，聲音仍然是沙啞的、粗獷的，她伸出雙手，舉向天空，兩眼緊閉，臉面仰天，手腕開始以不同節奏旋轉，手臂跟著擺動，腰扭動了起來，雙腿左右踏步，高低起伏震動，雙手偶爾擊掌，整個人相當相當陶醉。漸漸地，她身上圍著的一條粉紅色的絨毛圍巾，像蛇一樣慢慢地將她圈住，然後，圍巾化成了蒸汽似的一團霧，把她全身包住，慢慢的，她和圍巾都化成了一根羽毛，飄上了天去。

歸思

一

陳守則剛剛讀完他妹妹由台灣寄來的勸歸信，一時愣在桌前，望著他自己映在燈檯上的影子發痴，他無意識地用手撩撩近年來益發稀疏的頭髮，手指由腦蓋頂順著後腦勺往頸項撥下，然後迴繞到耳根處，輕輕地捏玩著那兒的髮捲，每當重複著個動作時，就難免使他耳邊響起他妻子的話語：「鬈髮的男子較多情」。而每當響起這句話時，又不免勾起他小時候讀相書的印象，書中說他是「鐵石心腸與發達運俱備」，然而這幾年的命運，使得他相信，命是件相互抵觸，毫無邏輯的東西，正當胸中莞爾，手指不小心摳著他頸背根處所長滿的浮突的青春痘，一陣錐心的刺痛，使得他脖子整根縮進了衣領，心中猛打寒顫，那種痛像膠一樣黏在他脖子上，持續約有十秒鐘方纔消失，這足以將他由思境拉回現實。

他用手扳了扳額上逐漸長成的皺紋，眼睛移近他面前發亮的燈檯，那是由金黃色的銅器所鑄，上面浮現著自己的影子，面容顯得相當清瞿。

「這也許就是命吧。」陳守則怔怔地忖著。

時序好像風吹日曆一般，一頁一頁還沒來得及看清楚就飛得無影無蹤了。

八年前，他離開家的時候，他的父親剛出過車禍，手肘仍吊著鋼架，斜倚著上身到機場給他送行，並鼓勵他將來能學有專長，回來貢獻鄉里。他的母親給他買了一副花環，並親自給他套上。他們照了張全家福照。

往後，他對家的記憶就凝結在那張逐漸褪色的彩照上。當時，他的父親、哥哥、妹妹，還有他的新婚妻子，都圍攏在他的身旁，他們的笑靨和他的思緒溶疊在一塊兒，在回溯的鏡頭逐漸拉遠之後，渺小的笑聲也像水紋般蕩漾開了。他把那張全家福照裝訂在壓克力板內，以防陽光與灰塵的侵蝕。

再往後的日子，他的生活與習性已經入鄉隨俗，徹底的世俗與本土化了。他變得喜歡吃那以前認為只有蠻邦才敢吃的生菜沙拉，也不如他朋友那般畏懼漢堡，並且漸漸少與親友往來，又因學會注重隱私而不習他人攪擾，聖誕節也取代了中國農曆新年，他忘了大學時代菸酒的嗜好，卻愛上了樂透，他變得嫉恨中國人愛講關係，走後門和不守秩序的習性，而偏愛美國人守法、守秩序的精神及在人際關係方面的單純。在美國生活，他唯一的遺憾就是找不著一種肌膚相親，相濡以沫的家的歸屬感，這點是在他夢與現實裡都縈縈環繞的主題。

可是八年後，他卻一直還賴在美國，成了千萬個留學不歸的學生之一。他原本都是以堅決的口氣答覆人家對他的詢問：

「當然是回台灣去，我學藝術的留在美國幹啥？」

他甚至可以用自豪的語氣反唇相譏，話裡行間好像還在諷刺別人貪圖綠卡的卑賤慾望。當然，他是意志單一的，而且充滿使命感，他不容別人破壞他為自己所樹立的美好形象，他向來堅持自己將來是要回國的，他對自己的期許，可以用「臥薪嘗膽」的苦勁來形容。

而他卻賴在美國，他常對自個兒說：

「將來總是要回去的，只是時機尚未成熟……。」

直到有一天，他覺得自己更能把握自己，自己較有成就，或者說自己的作品足以驕人子弟的時候，他一定要回去，回到他生長的地方，傾囊相授他多年累積，辛苦掙來的血汗成果；那可能是知識、經驗或技能，也可能是金錢和物資。屆時，他將不虞匱乏，不論在精神或物質上的需求，他可以無止盡慷慨地開放供與。這樣美好的幻想，使得他在自己畫版上著墨的色彩，顯得異常豔麗。

作畫是他排遣生活挫折感的唯一方式，他的畫先是亮麗、奇詭、不食人間煙火，充滿實驗味道的、印象派的風格，進而逐漸轉變為俗世的、肉慾的、著色濃重的，帶有超現實味道的立體派畫風。可是，他並不相信任何一個派別，在他的藝術鑑賞領域裡，還必須加上觀眾這個範疇。沒有觀眾的藝術，對他來說，只是枉然。

當然經濟也是另一項重要的因素，除了個人主觀的評鑑與欣賞外，還必須依靠金錢的高低，來評定藝術品客觀的相對價值標準。於是，自從他自學校畢業後，就開始嘗試開闢他作品市場發行的可能性，他不但開始畫漫畫插圖，以應現實所需，並把它的話題轉向更大眾化口味的素材，正有如攝影家有時也得照些沙龍的商品，已滿足顧客的需求。除了每禮拜得抽出幾天到餐館打工外，他大部分的時間，都花費在如何以繪畫賺錢這個課題上。無疑的，萬事都是起頭難。

挨了許久，好不容易透過朋友的介紹，有人願意付一筆微薄的筆貲，請他畫一張畫，為此他興奮了半天，他不由得想著，如果這次搞成了，口碑一旦建立，他的畫將不愁找不著市場，每想到這裡，他就樂得暈眩。因此，他這第一張正式將要售出的畫，就佔據了他一個月的時間和空間，他茶不思飯不想地專心作畫，激怒了它的妻子。

「你這是賺的什麼錢，算一算你的工作時間，連最低工資也賺不到！」

陳守則總會微微把頭一揚，作出不以為然的姿態。

「唉呀！朋友嘛！何況這是第一次！」

他的妻子在初期尚有原宥之心，但在觀察了他連續數週不眠不休地搶畫那張在她看來頗為庸俗的裸女畫像時，她的話就充滿冷嘲的意味。

「你現在的工資，已經變成一塊錢一小時了！」

他又想氣又想笑，頭也不回地繼續作畫，接著又是幾天過去了，她的話語變得更加鋒銳。

「你現在的工資變成五毛了！」

他終於不情願地回過頭來。

「等會兒，我就倒貼了！」他不疾不徐地道。

這些點綴在生活中的不如意，倒是無法打擊他對理想的執著，可是在經過長期美國文化的洗禮後，他再也不敢豪勇地在人面前拍胸脯說道：

「當然是回台灣去！」

每當人家再度問起他的去留決定時，（多少年來，這個問題一直不斷地重複在留學生的生活圈子中），他的回答已經萎縮成較具彈性的機智語。

「看機會而定！」

言下之意，就是看哪邊有適合的工作，就往哪裡去，尤其就在最近，他驚訝地發現自己已無可救藥地愛上了美國的獨立屋和生活空間。由於記憶中台北的居住環境，給他擁擠又雜亂的感覺。比較之下，他覺得美國的獨立屋，家家戶戶幅員廣大，空間寬敞，造型設計優雅，庭院賞心悅目，既有自主權，又兼隱私權，堪稱人間最佳居住條件。因而，他常沈醉在擁有一棟位於山巔或海濱獨立屋的幻想中。他明知自己心有餘而力不足，卻要乘機四處去參觀開放參觀的房子，而每參觀一次，就更加深他心中的無力感，生活的美夢就這樣地經常像一頭飢餓的巨鯊，趁他四處悠遊衝浪之際，連骨帶肉地將他全身吞噬。

||

陳守則已經離開台灣八年了，對於一個留學生的歷程來說是嫌長了一點。那些運氣好的，他這麼想，不是找到公司為他們辦合法居留的身份，要不就成了歸國學人，貢獻鄉里去了，只有他自己高不成低不就，耗費了六年光陰才拿了個藝術碩士。好了，這下子該盡情發揮一下了吧，要不找個固定工作，謀個綠卡，要不就光榮歸國，將自己飽學的藝術觀念，散播給自己的同胞吧！他竟都不是，也不知是什麼緣故，他被自己對生命與理想的固執給困住了，他總覺得他仍欠缺什麼，他甚至曾經寫篇長文探討自己心中的癥結，希望透過對自己的解剖，能夠覓出一條最適合去走的道路。它的結論就是，一個人應該待在他自己能施展得開的地方。所以，無可避免地，他又陷入那個原始的疑問，到底哪裡才是個讓他施展得開的地方呢？

前幾天，他又接到他大哥從台灣的來信，信中質問他為什麼一個人窩在美國八年，連一次都不曾回家，他的居心何在？終於又觸及了他多年來最怕回答的問題。他哥哥懇切地希望他不要成為第二個他自己曾寫的那篇文章中所形容的那位有心理障礙的老留學生，由於學非所用，去留不定，終致一事無成而終老異域。最後附註一句「你頭髮還剩幾根？」作為該信的結語。他豁達的大哥，也是個留學歸國學人，幾句輕鬆的警語，惹得他心中漣漪無數，他默默地笑了，可是怎麼也甩不掉那佔據他心靈已久的空洞感。「Rich and Famous」曾經無可控制地竄上他心頭，最庸俗的名詞，曾幾何時，卻成了最令他垂涎的目標。然而，把它們往牆上一掛，又覺得虛晃晃的如光年一般遙遠和不可捉摸。

其實，他對家的感情還是存在的，不過他能控制那種感情的擴散，離鄉的幾年，使得他的感情變得異常收斂，他能把他想家的情緒，轉化為唐詩中「遍插茱萸少一人」的感覺，甚至就把那感覺用畫筆揮灑出來，在配上一罐啤酒的醞釀，他的想家之情很快就可以昇華，成為一縷雲煙。就算再不能解脫，他只要想想台灣人的擁擠和交通的混亂，摩托車的成群嗡動，計程車的穿間乘隙，他想家的情緒便可減弱一二。再不然，他會想想台灣夏天濕熱黏答答的天氣，他的哥哥總是赤著上身，再悶熱難耐的房內來回踱步，並以嫌惡的表情頻頻抱怨：

「熱死了！熱死了！」

他的確可以藉此抒解一下想家的情緒，然而，沒有多久，他又為自己酷似阿Q的行徑而羞愧不堪，他懷疑那些已經歸國的同學們，一定在暗地裡訕諷他的留戀美國，留戀那個物質條件較好的美國。關於這點，對於出身於中文系的他，是具有極大的羞辱作用的。

對他來講，這樣的羞辱的確是場惡夢；一個貪圖美國物質享受的傢伙，成為眾人詛罵的鵠的，他不敢想像自己將如何去面對這嚴厲的審判。明裡暗裡，他一直都在掩飾對自己的失望。這就像一個酷愛零食的人，面對一桌豐盛的甜點和零食，他的右手開始不斷拍打向前伸去準備拾取餅乾的左手，然而，他的嘴巴卻如幫兇似的，立刻叼住左手掙扎遞來的餅乾，然後快速咀嚼和吞嚥，而他仍然嚴肅的面容好像在指責自己的嘴巴缺乏意志。

陳守則是在台灣一服完兵役，就隨著留學的浪潮來到了美國，當時的他，意氣風發，立志以提升台灣藝術文化水準為己任。來美國入學後，他相當驚訝於美國師生們活躍的創造力，以及師生間親切的互動關係，每人都有權，也有能力發展自己的見解，儘管有些突梯滑稽的作品出現，但只要你能自圓其說，都會獲得他人的承認與尊重。其中，有些令他印象深刻的作品。譬如，有一堆以破布、木屑、破碎玻璃等雜物排列出類似垃圾的東西，有一個被火燒了個大洞的超級市場包裝紙袋，有一輛被鋸成兩半的報廢舊車，諸如此類，不勝枚舉。但是，幾乎沒有學生的作品是互相雷同的，唯一雷同的點，就是他們的怪異性，怪異似乎就成了他們創作的根源與目標。在那種百家爭鳴、各顯神通的氣氛中，他享受到了前所未有的快樂與自由、震撼與喜悅。創作的靈感，也如泉水班地湧現，他覺得如果每天都能陶醉在那種百無禁忌的創作環境中，將是多麼幸福的事。他雖曾經懷疑那氾濫成災的實驗性作品的價值，可是他並不願意為此再和人討論更歸根究柢的形而上學的問題，他很滿足現況，他準備把這問題留到回國前再去理清。

然而，時光不饒人，一晃眼就是八年，他的問題不但尚未理清，他的理想也幾乎一同和時光消逝。為了房租和昂貴的學費，他花費了將近他百分之八十的精力和時間在打工和賺錢上面，可以說為了求學，他付出了他的青春，代價不可謂不輕。最初他仍有苦盡甘來的成就感，可是愈到後來，他愈覺得在他工作和學習主客之間的調配，有著本末倒置的現象。然而，明知如此，他也力不從心，絲毫掙脫不出這環境的桎梏，有時，他真有深陷泥沼的感覺。

三

他來美國一年後才把太太接過來，即使是在他們分開的頭一年中就曾經通信，討論分合的問題，他了解，在七年的愛情長跑後，她對他總還是欠缺信賴和尊重，因為他無法提供她認為最渴求的安全感，那是女人幸福的泉源。奇怪的是，他們倆人都無法從教訓中學得經驗。他記得他們在台北法院公證結婚那天，是個陰霾的天氣，她上身穿了件紅白格子衫，下身穿了件黑白三七褲，那渾圓白皙的下半截小腿仍然裸露在外，腳上蹬著一雙涼鞋，那是她最老的一雙。典禮簡單而不隆重，到場觀禮的只有陳守則的母親和他妹妹。他的父親因車禍受傷，仍在住院，她的父母因事務纏身，都不能前來。實際上，她的父母是想來的，可是她卻說服他們不用前來，因為她也無法忍受，讓自己的父母看見自己的婚禮，竟是這般淒涼。

婚禮結束後，他們還為了是否申請一份英文版的結婚證書而翻臉，那可以說是他們婚後的第一場戰爭，尚未離開法院，個性木訥行事保守的陳守則，和伶俐精幹的新婚妻子，就在辦證窗口吵了起來。陳守則的母親和妹妹都在法院門外等著，並未直接瞧見這場男人與女人的戰爭，唯有在守則妻子走出法院時，望見她極其不悅又帶點冷冰的神色時，感到絲絲的梗介。

來到美國，生活的壓力分散了許多他們爭吵的精力和時間，他們之間存在的火山，因為時過境遷而安靜了許多。當然，仍是有爆發的時刻，不過炎熱的岩漿也只能在他們自己的心中冷卻。在大學時代如膠似漆的日子，不知不覺中，已經成了他們心中很少閃現的回憶。愛情已經被生活的現實給摒棄，在美國僅佔十分之一的稀有而快樂的日子，只點綴在他們絕大部份苦哈哈地打工和唸書的生活滾輪中，像困在滾輪中的老鼠，拼命的奔跑，卻一直停在原處。在美國的留學生夫妻，儘管他們偶爾彼此憎恨，也不得不守住對方，彼此相濡以沫，他們都有一種同舟共濟，為了未來美好的前途，暫時苦難同當之過渡時期的感覺。

但時間久了，對彼此的積怒也就自然的厚了。

「天下沒有一個男人是好東西！」

她常在他面前詛咒這句話，使得他自內心產生深沈的罪惡感。畢竟，她是因對他一個男人的惡劣印象，引發她不自主地開始痛恨天下所有男人，他常有一種無奈的慨嘆，牽連天下的男人，此罪何其深重。他唯一的反抗武器，就是反問她痛恨不痛恨自己的父親，他也是男人之一。她承認她父親雖然也不是十全十美的人，但並不在她痛恨的行列中。

陳守則覺得天下的女人，都要比他太太溫柔，而且懂得顧及先生的面子，至少不會在別人面前揶揄他的禿頂。他覺得她總是有點大而化之，竟有點像男人，甚至豪爽過於男人，有時候，嘴巴一快，經常口不擇言。有一次和朋友吃飯的時候，當著他的面大聲問起在旁一位未婚女友的月事，乍聞之下，以為自己耳朵出了毛病，竟是覺得陣陣暈眩，如魔音穿腦，但是又不敢當著朋友的面動干戈，他把所有的衝動都忍下了，並且擺出一張如孔子般深藏不露的臉，把頭微微低著，喉頭不自覺地咳嗽著。

陳守則的妻子，是和他一同渡過美國經驗的同居人，也是他最嚴酷的諫客，如果他稱得上是皇帝的話，那麼她就是武則天。她出語直率，沒有迂迴的技巧，為達目的，往往直搗黃龍，陳守則經常被她的利語劃傷。可是，他畢竟是出身於中文系的，涵養和耐性是有的，他的邏輯是謀定而後動，即使是在相當羞憤難堪的情境中，也得動心忍性，事後才發洩他不滿的情緒，諸如拍拍桌子或冷咒幾聲之類的。

兩年前，他依稀記得，在千百個洛杉磯無陰無雨、平淡無奇的日子中的一天，他和妻子大吵了一頓。說得精確一點，是彼此大力地把對方的衣服，連同尊嚴一齊扯爛，所消耗的卡路里和死掉的腦細胞，大約是一個禮拜的份量。兩人的衣服都破了，幸好無人掛彩。

事情是這樣的；當天晚上，陳守則洗完澡，滿心舒暢地只穿了一套內衣褲，在客廳踱步。他的妻子則一眼望見他，就從心中升起了把無名火。因為陳守則的內衣褲在臀部處裂了一個縫，他自己心中也明白，那個洞老早就在那兒了，只是一天比一天大。最早只是一個半公分長左右的小縫，每經一次洗衣機的攪和，就增長一公分的長度。今天，被他妻子瞧見的剎那，已經長達七、八公分左右，並且在長縫的中央處，有一個向左右分叉的裂縫，形成了一片三角形下垂的褲頁。他的妻子可已由他背後四十五度的視角，直接觀察到他整個屁股，那兩瓣乾瘦的屁股在他妻子眼中一覽無遺。頓時，她覺得他像個嬰兒。然而，他那頎長狀似營養不良的身軀，加上那兩根細瘦的竹竿腿，又像把無情的槌子把她敲醒；眼前這個發育不良的男人，竟是她終身委任的夥伴。

她不相信自己竟會看上這個自私又孤立的男人，她想，如果她還有機會選擇，她絕不會再嫁給他的。他既沒有給她無顧慮的生活環境，連最基本的安全感他也不能提供。她必須自己費心做一切事務的安排，從清潔打掃到財務料理，鉅細靡遺，她都要一手包辦。她要控制所有的決定和掌制家中一切的行動，她才能放心。她不能忍受他的安於現狀，對任何事都處之泰然。尤其現在他還穿著那件破了的內褲，她已經警告他多次，叫他扔掉，不要再穿。陳守則真的從沒有聽進去過，他就是捨不得扔掉那件破內褲。

「我覺得舒服，我不想扔，可不可以？」

「你舒服，可妨礙到我的視線了。」

陳守則心中迸發的怒火像汽油彈一般地燃燒起來，頭顱一時感到暈眩。

「我哪一點妨礙到妳了？這是我自己的家，我想怎麼穿就怎麼穿，古人還有不穿內褲的呢。何況又沒有外人在，妳為什麼要干涉我？」

「我沒有干涉你，是你不尊重我，我已經警告你好幾次了，不要穿那件褲子，可是你根本不把我的話當話，如果這是第一次說你，那是我不對。但是這不只是一次，你簡直是忽視我的存在！」

陳守則預感這事不簡單，雖然實在並不複雜，他最佳的對策就是乖乖的一聲不吭的進房去把褲子換了，可是他執拗的脾氣一直回絕來自潛意識的建議，加上太太對他凌厲的攻勢，使得他的頭顱一時更加暈眩。

「破個洞到底哪點妨礙妳了？又不是穿在妳身上……。」

他的應對有招架不住的趨勢，他愈發一語，愈覺得自己的辯答俗不可耐。於是，就更加怨恨自己的不幸，找了個如此善辯的女人，他簡直無法忍受這樣無稽的爭吵將一直持續在他整個下半輩子中的念頭。

「這是原則問題，不是穿在你我身上的問題，是你不尊重我的問題，我說我不喜歡你穿破褲子可不可以？穿破褲子妨礙觀瞻，我看不慣，可不可以？」

如連珠砲的斥責聲滾滾而來，使得陳守則無話可對。他認為這是有史以來最荒謬的一次爭執，可是當他回顧以往爭吵的題材時，他又不免要遮鼻掩面，仰天長嘆地道：

「喔！不！還有更荒謬的！」

曾經有一次，他們為了應不應該把馬桶坐墊放下來而掀起大戰。事件中，他太太氣憤得把他們家唯一的木質切菜板，用刀像砍柴一樣地把它劈成兩半。類似這樣的衝突，層出不窮。至於這次，他拒絕再吵下去了，他開始以靜默示威，他決定不論她說什麼令他傷心洩氣的話，他都不再搭理，直到她知趣地自行離去。可惜他還是估計錯誤，她並不因此而善罷甘休。其實，她也明白這樣的爭執實在毫無意義，可是一時又抑制不住自己對他的氣憤，看著他轉身背對自己不再理會她的情景，不由得又怒火中燒。一低頭，又望見他若隱若現乾癟癟的兩瓣屁股，手不自覺地伸向前去，一把扯住他褲子的破洞，輕輕一拉，便把它撕成兩半。頓時，他的褲子好像被剪刀剪開的裙子一樣，僅僅被一條細細的鬆緊帶懸掛著，飄盪盪地來回呼張，這下子就算有中文系的涵養也幫不上忙了，陳守則立刻轉過身來。

「妳要撕！好！那就一齊撕！看誰厲害！」

鄭真堯／繪

陳守則此時感覺自己已接近瘋狂邊緣，他一手捋住她身上棉質的睡衣，使盡全身力量撕了起來，她對他迅即的暴烈舉動，首先感到微微的吃驚。片刻之後，同樣進入了瘋狂的領域。兩人就在地上輾轉扭打，須臾之間，陳守則全身單薄的內衣褲全被撕光，呈現裸體狀態，而她則除了上身的睡衣被撕破之外，其他衣服則尚完好，陳守則畢竟不敢對一個女人施以過度的暴力，他大半是守多攻少，除了火頭上的那一搏，餘下的時間都在採取守勢，他既怕因自己是男人而誤傷了她，又怕因自己過分保守而受傷。所以即使滾扯在地，他也未出一拳，只有死憋口氣，忍耐挨打，如雨點灑落的拳掌，如螃蟹般的利鉗，不斷往他的頸子、胸腔以及背部掐捏、搥打而下。這些都未傷著他，倒是他最後的通體赤裸，使得他那尊嚴如玻璃一般脆弱的自尊塑像，給徹底的粉碎了。就算如此，她仍饒不了他，心一橫便把她自己的上衣也脫了，露出潔白的上身，快步走向客廳的門，一把將門拉開，就要往外走出去。

「妳想幹什麼？」

陳守則變得驚惶地叫了起來，從來沒有見過這種棋，這著可真把他給將了，他只死命地用他骨瘦如柴的身子抵住門，心中不斷地顫抖著。

「你走開，我不是你太太，我要到街上讓人家看看你是怎樣對待你太太的。」

她的聲音淒厲而堅決，她拉門的氣力使得陳守則當時全身所分泌的腎上腺素，比他從出生到現在的總和都還要多，他緊張得嘴巴打了結，這是他最後一道防線，不能再敗了。在夜深人靜的時刻，他用他吃奶的力氣把門壓住，她終於氣得哭著進房去了。他裸著顫慄的身子，突然想起杜甫的詩句：「一夜鄉心五處同」，他覺得自己輕得像羽毛，可以飛昇起來，而高處不勝寒，他環抱自己的雙肘，竟感到沁心的涼意。

IV

陳守則正了正身，把視線從他書桌上金黃色的燈檯移開，遽然捽開仍然眷握著後腦髮捲的左手，悵悵然地走到他的畫架旁。一面思索著，定然要把那撫弄頭髮的習慣戒掉。

躺在畫架上的是一幅陳列已久而未完成的畫，畫面以炭筆勾勒幾個粗略的形體，且尚未著色，但已顯現出超現實世界的焦慮和虛無感，畫的左下角有幾個斷裂分解的肢體，環繞在一個無邪的男人的臉旁，畫的中央有幾隻大小不等的鴿子，被一道乾旱的海洋分隔著，右下角有一個扭曲、比例不均勻的女體，左上角有一個密閉的斗室，中間有兩個爭吵的人。而在畫的右上角，有一片靜謐的湖，湖上盪著一葉扁舟。這幅畫已經費了他一個多月的時間構思、打稿。可是，一直沒有定稿。今天，他又坐到畫架前來沈思了，他望著圖中那片乾枯的海，龜裂的地，不由得使他和他小時候和妹妹到溪邊去抓螃蟹的景象相連起來，一股濃郁的家鄉的感覺，不斷鼓動著他意識底的創作慾望，那意象逐漸清晰，似乎就要伸手可及了。

「守則，叫你吸地毯為什麼還不吸？已經一個禮拜沒吸了！」他妻子的聲音由房內傳來。

他先是心頭一驚，接著是全身血液都貫集到他的腦袋裡去了。他認為他的禿頂，除了要歸咎他父親的遺傳基因外，其次就得怪罪她對他在生活上所造成的精神威脅。他定了定神，試圖再度回到那剛剛才升起的創作情緒裡。然而此時，房內電話鈴響了，他坐著不動，等待他的妻子去應答，兩響之後，她就接了。他以為他總算解放了，因為照經驗，她只要接起電話，往往可以和朋友聊上一個小時。如此，他終於可以專心做畫了。可是電話的對話並沒有持續幾秒鐘，他的妻子就驚駭的大叫一聲。

「什麼！」

陳守則的魂又歸了竅，他兩耳豎了起來，仔細收聽房內傳來的動靜，他似乎聽到她的哭聲，於是心裡起了戒心。他彷彿可以預測什麼不祥的事情正在發生，等不及內裡的催促，就飛奔入屋裡了。他看見她雙手仍緊握話筒，兩眼微紅地抬頭望著他。

「你妹妹出車禍了，很嚴重，已經救不活了。」

「什麼！」

陳守則也這麼地大叫一聲，接著是頭裡感到陣陣暈眩，兩耳轟隆地作響。他似乎可以感覺到在妹妹身上，那使他脊骨冰冷的致命的一撞，那種脆弱的人體無法承受的摧肝裂肺、碎骨折腰的劇痛，他抬起頭，望向窗外的天空。

陳守則怔忡忡地走回桌前，再度拿起他妹妹的來信，仔細端詳她細緻的筆跡，心中惦念著她信中如火焰般律動的情感，沒想到那竟成了她最後的一封信，他思忖著一件件如夢幻的往事，最後都像窗外飄舞的落葉沈澱在他心湖的底層。他放下手中緊持的信，想要擺脫他妹妹信中對他在美生活意義的諮詢，卻無力得像個無傘避雨的人，驟然奔跑在滂沱的雨中，怎麼樣也躲不過豪雨的沖刷，終於落得個渾身濕透。

V

陳守則登機之前，並沒有有充分的時間準備行囊。在台灣，他仍然有不少健在的親戚，而他們在他出國時都曾接濟過他。現在，就是他回報的時刻了。由於時間倉促，無暇到街上購物，他便把家中所有的儲備物，其中包括香皂、面霜、洗髮精，可治療牙周病的牙膏，拋棄式的刮鬍刀等，都塞進了他的皮箱。他並且準備到機場再買些洋煙洋酒，做為親戚朋友的定心丸。當他把皮箱塞滿的那一剎那，抬頭望見牆上一幀幀自己的作品，忽然覺得人世相當可笑。瞬間，他好像變成了一個寒酸的初嫁女，正為著那微薄的嫁妝而靦腆。

可是，這畢竟不是他所能控制的，他可以冠冕堂皇地回去的，甚至可以耀武揚威地回去。而現在，他卻有著被命運脅迫的感覺。當然，他決定回去的因素，除了不願被家人說成「鐵石心腸」之外，更不願被人認為他是為了貪圖美國的生活而忘卻自己手足之情，他甚至為了自己稍稍興起的不歸念頭而自責不已。既然這一切已成了事實，還矜持什麼呢？牙膏就牙膏吧，小刮鬍刀就小刮鬍刀吧，那總算是他千里還鄉僅能提供的一點誠意。

在離美前的最後一夜，他又無可避免地憶起他父親出車禍的當時，他和他從美國趕回來的哥哥，緊張地在醫院聆聽主治醫師對他們宣判診斷結果，他父親的左手臂肱骨遭到粉碎性骨折，必須植入鋼板，而且痊癒後也無法像往常一樣彎曲自如。他們的心真像墜入了海底。在住院治療期間，又因輸血不淨而感染肝炎，每天得靠打點滴與消炎針度日，他父親的臀部都打得僵硬了，每隔數小時就必須施以熱敷按摩。他和他的哥哥、妹妹和媽媽，加上護士輪流上陣，直接到他們的雙臂也感到酸疼為止，他還記得他父親常用一對無奈的眼神轉過頭來望著他。

現在他決定回去了，可是並不是學成歸國，而是為了捕捉他已失去的親情，為了要償還他已欠下的債。在離家的那天，他並沒感覺虧欠台灣什麼，而現在他卻覺得他虧欠得比他所能想像的還要多。至少，台灣是他生長的地方，她曾給過他一股向上的力量，她曾給了他目標和理想，使得他到今天仍沒有放棄對它們的執著，儘管在生活上飽受顛簸，可是他並沒有放棄對理想的追求，台灣畢竟是他魂牽夢縈的地方。

告別了他仍在就學的妻子，他渾渾噩噩地走進艙門，直到坐定為止，都無法正常思考。他怕想起此趟回國的目的和自己理想中的預期，有著多大的歧異，更無法反省與歸結自己八年來滯留美國的價值何在，他甚至怕再面對命運所創造的荒謬情境。因此，他把全部的精神都投注在窗外如棉花的雲堆和向天際伸展而去的機翼，雲氣由機翼上下撲簌地劃過，偶爾不穩定的氣流，使得機身上下抖動，他的心跟著蜷縮起來，他變得膽小而易心驚。記得他第一次搭機出國時，並不像今天的怯懦，甚至可以說是無畏的，飛機的抖動，對於當時的他，有如雲霄飛車的爽快。而今天，他會為了自己擺脫不掉的恐怖情緒，感到憤懣，他想，他的妹妹如果地下有知，一定要嘲笑他的。他知道死亡並不是件可怕的事，只是當自己在毫無準備的情況下，去面對它的挑釁時，倒是心中卜彳彳禁不住地驚悸起來。

飛機穿過了白晝後，便進入了黑夜。台北的夜景已經漸入他的眼簾，他想起了他剛入美國國境，由機艙往外看到的機場工作人員，盡是黃頭髮、藍眼睛、高個子的安格魯薩克遜人種時，竟有股想笑的衝動。當飛機停定，笑腺在他內腑恣意宣洩開來，他已顧不了鄰座地哈哈大笑起來了。然而現在，他將要面對的，轉眼之間，就都又變成了黑頭髮、黃皮膚和黑眼睛的黃種人。雖然，他仍有想笑的念頭，卻也夾雜了想哭的慾望。國界在今天發達的交通工具驅使下，天邊也如近在咫尺。可是，他究竟不明白，那霸佔他心頭多年，阻擾他回國的一道鴻溝，到底來自哪裡？陳守則覺得這八年如深陷泥濘般的漫長，又結束得如蜻蜓點水般的快速，實在是他意想不到的情況。

此次回國，他雖然能夠見到他思念已久的故土，可是，他知道，不管是在夢裡或在現實裡，他將再也見不到他的妹妹了。八年的代價，換來的是更歷練的人生和更深刻的學問，而失去的，竟是無可比擬的深重。每當想到這裡，那一片烏鴉鴉的雜亂車陣，夾雜著轟隆震耳的車聲，就要命的向他的腦海籠罩過來。

關於美國生活的二、三事

一

大約三十年前，我在美國德州讀書。讀書的日子，真是舒暢。好像宇宙的被造，就是為了你一人的讀書而造的。

不過，在自由而舒暢的日子裡，仍有一些潛在的憂慮，就是怎麼打發我家中的食客。

說起食客，連我自己都訝異，他是怎麼跑到我生活裡的。他不是什麼具體的人，卻又實實在在的定時出現在我家裡。對於正為著極端彆腳的英文而痛苦，每堂課只能聽懂一半，等於全然不懂的狀況下的我而言，簡直就是雪上加霜，火上添油。

「喂！你今天煮的秋葵有點生，牛排的筋太多，讓我無法下嚥，你要知道你的後果是怎樣的喔！」我總是聽到這樣的恐嚇，在失神地的我望著滿臉大鬍子的教授，看不見的嘴唇不知咕噥些什麼電影史的理論時，嚇得我完全無法專心上課。

「你必須每天將最好的菜餚預備好，等候我來享用。必須在我回來以前，知道嗎？否則後果你是知道的……。」食客跟我嚴正的聲明。

「好……好的，我會盡……盡力。」我回答。

「什麼盡力！要全心全力！」食客拉高音量地警告。

我突然覺得他長得像一位轉行當電影導演的麵包師傅。

他為什麼會向我頤指氣使，三令五申呢？這不能怪別人，其實是我自己的軟弱造成的。但為了要彌補自己的過錯，只有不斷的滿足他的需求。但這只有鑄成更大的錯誤，惡性循環。在開始時還不覺得如何，但他的要求越來越多，也越來越難，甚至到了我無法負荷的地步。有一段時間，我苦惱至極，簡直無路可走。

二

然而，每天出門上課仍是我最愉快的時光，只要我一走出家門，我的靈魂似乎得了釋放，一洗家中的陰霾。因為在校園中，有明媚的陽光，萬里無雲，耀眼的光線，讓你有在天堂的感覺。我喜歡在下課休息時間，獨自坐在校園中零食販售機旁邊的行人座椅上，享受純粹悠閒的時間。陽光優雅地灑在地上，像免費的黃金，隨處可拾。我身上有點零錢，但捨不得買零食，只有忍住，把注意力投注在別處，望著三兩金髮碧眼的白人，手裡端杯咖啡，或吃個三明治和脆脆的薯片什麼的。那時，時間好像靜止了一般，若不是偶爾有落葉飄落在你的腳邊和四周，在地面上蹦跳著幾隻覓食的小麻雀，以及被金黃色陽光曝曬的皮膚有逐漸升起的熱感的話，你還真會以為你不是活在現實裡呢！

只是，事情總不是照著你的預期進行著，好像生活中有個無形的大手在背後操弄著傀儡身上的吊線，牽動著傀儡的一舉一動。

III

事情是這樣的。

有一天，我放學回家，飢腸轆轆，直接進了廚房，打開冰箱，拿出牛奶，倒了一杯，大口喝下。轉頭一看，噗哧一聲，牛奶從我口中噴了出來，濺了一地。

「嘩！你是誰？」我大聲問，一邊擦拭嘴邊的牛奶。

一位瘦得不成人形的中年人，坐在我的客廳裡。他是個黃種人，留了很長的鬍子，像是中國古代文人所留的鬍子，可以用手把玩。他一邊用手撫捋著纖長且黑得像墨汁般的鬍子，一邊定睛看著我，他的頭髮密實，臉面清癯消瘦，像是有話要跟我說，但又欲言又止似的。

「你……你是誰？你在我家幹什麼？」我帶著抗議的語氣地問。

「你先不要急，讓我解釋一下。」他終於開口，但隨即陷入沈默，好像我不存在似地望著前方的空氣。

他的長相有點眼熟，但一時也想不起來在哪裡見過他。也許是在小時的國文課本裡見過，鬍子像關公，氣質像范仲淹，神態有如歸有光；總之，像個綜合性的古人。不過，我跟古人有什麼瓜葛，一時我也陷入糾葛，思緒像一團迷霧，濃得化不開。

我回過神來，放下手中的牛奶瓶和杯子，走到客廳桌的對面，仔細看他的臉龐，真的很像古代人，往下一看，他身穿深灰襯衫，沒有領帶，外披一件黑色西裝夾克，下身穿著黑色西裝長褲，但是衣服有點舊了，像是被擠壓在衣櫥裡放了許久，所以帶點皺紋似的。

「請問你什麼時候進到我家裡來的？」我忍不住地問。

「在談我以前，你可不可以弄點吃的給我？我有點餓了……。」

我本來有點受到驚嚇，接著是些微的憤怒，漸漸的竟有點好奇。我思想了一下，好吧，為了讓他快點離開，就滿足一下他的需求吧。我再度打開冰箱，找到了前幾天剩下的一塊起士蛋糕，一個貝果，一盒草莓，再倒了一杯牛奶，一起遞給了他。

他狼吞虎嚥地吃了起來，沒兩分鐘，東西一掃而光。吃完後，他望著我。

「還有沒有？」他問。

我想了一會。

「嗯！還有一點剩的酸辣湯，可以嗎？」我遲疑地問。

「好啊！你吃什麼，我就吃什麼！」他毫不猶豫地說。

我再度感到了微微的震驚，難道他不走了嗎？沒有太多時間的思考，我趕緊進廚房，把冰箱裡剩下半鍋的酸辣湯加熱，給他盛了一碗端出來遞給他。他唏哩呼嚕三口作兩口地，沒兩分鐘又把我半鍋的酸辣湯解決了。哇！他吃了我窮留學生一個禮拜的食物耶！

看著他吃完了桌上所有的食物後，我迫不及待地問他：

「對不起，請問你來找我有什麼事嗎？」

「其實，不是我來找你有事，而是我本來就跟你在一起的呀！」

我張口結舌，一時說不出話來。

「你……你一直跟我在一起是……是什麼意思？」我竟結巴了起來。對自己的膽怯，我有種深深的厭惡感。

「就是我一開始就跟你在一起的啊！」

「什麼意思？」我表示仍然聽不懂。

「就是你搭飛機來美國的時候，拿著護照入關，在學校報到註冊，在早餐店打工，跟著主考官考駕照，在銀行辦戶頭的時候，我一直都跟你在一起的啊！」他很有耐心地解釋著。

「你是在說什麼？你怎麼跟著我？我怎麼可能看不到你呢？不要開玩笑好不好？」我有點不耐，到底他在變什麼把戲，我可沒有上當受騙的本錢呢！

「你有沒有聽過無形的同在呢？有沒有人曾說過你長得像古代人呢？」他的話鋒一轉，眼神變厲。右手捋起長可及胸的鬍鬚，用手指輕輕捏揉著。

我心頭一驚，印象中真的有人說過，我長得像古代人。

IV

留學生的生活，緊張的時候多於悠閒的日子。

我偶爾會邀請台灣的留學生來家中吃飯，當時共有四位從台灣來學電影的同學。後來他們回台灣後，都有一番作為，成了社會上的名人。同學們在一起，都是年少清狂，講話都帶點傲氣和互別苗頭的味道，只是那時我一點都聽不出個所以然來。我也常聽不懂他們所講的笑話，或許我的反應是比他們慢了些，總得過個兩三天，甚至好幾週後，才會突然明白當時他們講話的笑點在哪。不過，Who care?為時已晚，除了給人木訥的感覺以外，也沒有什麼真正的損失。

「你是不是太嚴肅了？以致你聽不懂我所說的話？」飢餓的古代人問，這是我為我家中食客的命名。

「你是說，你是隱形人？」我問。

「有點像，不過，我是實實在在從你而來的，是你製造了我，我就是你的一部份，我的生存也是你的責任。」他理直氣壯地闡述著。

「說實在，如果是這樣，你是怎麼從我的範疇裡跑出來的？你分明是來找我麻煩的嘛？」

「這是沒法子事！是你逼迫我現身的！」

「我逼迫你？我怎麼逼迫你呢？」

「你每天都不吃早餐，中餐與晚餐也常晃點，你簡直要餓死我！」

「你的意思是，你是我肚子裡的蛔蟲嗎？」

「不是，我是你異次元的身體，需要吸收從你身體上的能量，如果你飢餓，我比你更飢餓，你飽足，我比你更飽足。你懂嗎？」古代人的眼裡似有電光一閃。

V

「你們相信我最近碰見個流浪漢，老纏著我，自稱是我的朋友，然後要我請他吃飯，你們說該怎麼辦呢？」我跟我的同學們用調侃的語氣說出我的困境，想試試看他們的同理心如何。

「哈！那沒什麼稀奇的。我最近跟我同班的一位女同學，幾乎要有一腿，緊要關頭，她的女朋友現身，原來我竟是她作為對付她女友的工具，引發她的嫉妒……。」一位同學說出比我的情況還難搞的處境。

「嘿！你們不要被編劇課搞昏了頭好不好，有點幻想，增添點生活的色彩是好的，但人還是要活在現實裡，唯有現實才是真實的吧。」另一位同學說。

「ㄟ！你們有沒有聽說系上剪接房鬧鬼的事啊？」第三位同學說。

「他是不是個東方人，留有很長的中國式的鬍子？穿黑色的西裝？」我狐疑的問。

「什麼鬧鬼！我聽說其實是一位常常夜宿學校的老教授啦！」那位活在現實裡的同學敲醒我的懷疑。

飢餓的古代人對於我稱呼他為流浪漢，似乎頗感不悅。

「請你不要穿鑿附會，我就是我，跟你同學說的老教授，也絕不是同一個人。我跟了你這麼久，難道你一點都沒感覺到，我們是彼此需要的嗎？」古代人不耐地辯解著。

「好吧！照你所說的是，那你到底要我做什麼？」

「總算言歸正傳，我要你每天做美食給我吃，一週五天，只要晚餐，我體諒你白天忙碌，沒有時間照顧早午餐，但是每天晚上七點鐘，你必須做好晚餐等我享用。」

「如果我不答應呢？」

「你沒有這條件！」

「為什麼？」

「因為是你自己的需要啊！」

「我隨便吃就好了，我怎會有這樣的需要呢？」

「你只是不願承認而已，潛意識裡，你是和我一樣迫切需要這樣的美食的。」

我有種荒誕與無力的感覺。他看著我呆滯得像眼珠上有蒼蠅攀爬都會不眨眼的神情後，決定用更強烈和警告的語氣跟我說。

「你若不遵守，你就會喪失你的本體。」

「喪失本體的結果會怎樣？」

「你會在精神上死亡！」

「精神上死亡是怎樣？」

「別人會把你忘記，就是這樣！」

「被別人忘記會怎樣？」

「你就喪失存在的意義！」

「我怎麼知道這是真的？」

「你試個一次就知道惡果了！你敢試試看嗎？」

「我……。」我無語。

VI

我每天準時五點就趕回家做飯，之前得先到超市買些食材，然後迅速趕回家裡準備晚餐。我從沒感受到做晚餐是如此緊張的事，好像為做而做，缺少了享受食物的樂趣，甚至還帶著恐懼，怕做得不好，古代人就要消瘦，或者消失。可是，就算讓他消失，不正合我意嗎？我在畏懼什麼？說真的，我也不知道。也許，本體的喪失，真的茲事體大。

日子就在每天打工、上課、下課、在校園中行人座上曬太陽、超市買菜、回家做飯，等著古代人來吃飯，然後送走古代人的節奏進行著。有一天，我發現，古代人胖了。他圓圓的臉，配上長長的鬍鬚，看起來有點滑稽。他似乎從古代中國人，變化成現代美國人。奇怪的是，他的鬍鬚竟漸漸轉黃了，臉上竟顯露出和我電影理論課的教授的臉類似的神采，鬍子也略略捲曲著，不像原來的筆直。

「我得走了。」有一天晚餐後，他語帶不捨的調子說。

「我的日子已經滿足了，相信你一樣吃得很愉快吧？」他像老闆檢核員工業績般地問我。

「愉快是稱不上的，緊張倒是有的，不過，只要你愉快，不會帶給我什麼可怕的惡果，我就滿意了。」我很誠實地回答他。

「你不用再憂慮了，因為我已經做好了我的工作，我得走了。」

「你到底做了什麼工作？整天壓榨我做飯給你吃？」我有點被激怒，放了膽子地問。

「我的工作就是融合，將你的精神與你的本體融合在一起，像你這樣外表柔軟，內心剛愎的人，要融合實在是件不容易的工作啊！」他用感嘆的語氣說。

我心頭再度為之一震，真的，我是剛愎的，只是從沒有人將它指出來，好像身上隱密處長了個腫瘤一樣。

我再度無語。然後，他在我眼前消失了蹤影。而且，從第二天開始，他真的不再出現了。他的消失又讓我有種虛幻和不真實的感覺，好像在我招待了他這麼久之後，總應該帶給自己一個像阿拉丁神燈一般的報酬似的，結果卻只是讓古代人長胖了，或者，還有一些讓我不甚明瞭的精神與本體融合的這古代人的思想。

VII

我平靜的日子，並沒有維持太久。正當我快擺脫飢餓的古代人的心靈攪擾時，有一天，我家的門鈴響了。

我打開門，看見一位白髮蒼蒼的美國女人，以非常微弱近乎乞討的眼神看著我，一時間帶給我和飢餓的古代人一樣震撼的感覺。她看起來最少超過五十歲，像我媽的年紀，一臉憔悴而疲憊，身上斜背著用大布袋包裹著的家當，手下還提著一個咖啡色旅行箱。上身穿著一件過大的灰色尼龍夾克，下身穿著破舊的牛仔褲，夾克與牛仔褲都沾有污漬，像是很久沒洗了。我有點不知所措地跟她點頭。

「請問妳有什麼事嗎？」

「非常抱歉打擾你，我也不願意的，但是實在是找不到人幫助……請問你能給我點東西吃嗎？」她用微細得像快斷了的線那樣的聲音說。

「嗯……你等等……。」我猶豫了一會回應道。

我進了廚房，打開冰箱，找到了昨天剩的半盤煮熟的水餃，一罐醃的酸黃瓜，兩片土司，打開了一個旗魚罐頭，把食物拿到了門口。

「我可以進來吃嗎？我很抱歉如此打攪你，我保證吃完就走。」她苦苦哀求著。

我再度猶豫了一會。

「好吧，吃完就走。」我不知如何拒絕她，我想，若是拒絕她，我將會是世上最絕情的人了。

我幫她把手中的旅行箱提進了屋裡，請她坐在客廳沙發上，她把身上的包袱解開，放在身旁，而我把預備好的食物擺在他面前的茶几上。剎那間我有個錯覺，好像飢餓的古代人以老太婆的身分復出了。

她開始囫圇吞棗似地吃著，我一時楞在旁邊，不知如何是好。

「謝謝你，真的非常謝謝你，我已經三天沒吃東西了，嗯……你的水餃真好吃……中國食物是我的最愛。」

「酸黃瓜……嗯……酸黃瓜也是我最喜歡的……。」

「魚罐頭……這魚罐頭真好吃，你真會配食物。謝謝你……謝謝你……謝謝你……謝謝你……真是謝謝你。」她自顧自地邊說邊吃。

為了避免尷尬，我利用時間到廚房清洗堆積幾天的碗筷，等我走出廚房，來到客廳，發現她已經斜躺在我的沙發上，進入完全的熟睡。

一時，我躊躇了起來，不知如何處置；要立刻叫醒她，請她離開？還是有點人性，讓她睡一會，醒來再請她離開？我情緒一時陷入膠著。她會睡多久呢？會不會死了？我心頭一驚，躡手躡腳地走到她身邊，用食指在她鼻孔邊停置一會，感覺一下她的氣息。感覺有氣息後，心裡的大石暫時落下。不過，接下去該怎麼辦呢？她不會像古代人一樣，長住一段日子吧？我在她對面的沙發坐下來，陷入思索。

VIII

我作了個夢。

夢裡，我在學校早餐店打工，要做蒸蛋，但是容器裡的蛋花一直是水狀，老蒸不熟，客人就快上門了，我急得用杓子在蛋花裡攪來攪去，蛋花仍然是水狀。煎鍋上，我打蛋要煎荷包蛋，但每打一個蛋，蛋黃總是破掉，散成一片，幾十個蛋全混在一起，分不出彼此，無法一個一個的賣給客人。另外，煎香腸時，香腸不聽指揮，我用鏟子無法控制香腸，香腸紛紛滾落煎鍋。我急得屁滾尿流，汗流滿面。

我醒來時，發現自己還坐在沙發上。老太婆已不在位置上，茶几上的晚盤也不見了，再次搜尋左右，她的行李還在。可是，人呢？我心裡有點慌了。

「老太太……老太太……。」我清了清乾澀的喉嚨後，膽怯地叫著。

「我在這裡！」聲音從廁所裡傳了出來。

「對不起，我可以借你的浴室洗個澡嗎？」

聲音再度從廁所裡傳了出來。

這不是夢，這是真實的。我家裡又無端地跑進來一位老太婆，難道她也要長久住下去。不可能，我不可能讓她住在家裡，她自己說的，吃完飯就走人的呀！可是，要是她賴著不走怎麼辦？打電話給警察，不行，我還不知道要怎麼形容這狀況呢，何況，我對飢餓的古代人都沒有這樣做，反而對一位可憐的老太婆做出這麼冷酷無情的舉動嗎？打電話給同學，請他們想想辦法……不行，他們會說我是不是受了上週才看的「哈洛與慕德」（Harold and Maude）[1]那部電影的影響，要實驗一下老少戀，這樣的想法又再度使我陷入驚恐而猶豫著。

「我可以借用你的洗髮精嗎？」老太婆從浴室裡問著。

剎那間，慌亂的情緒被那聲音震懾住。

「啊……請用……請用……。」我有口無心地回答著。

她花了將近一小時才洗好了澡。她穿著一身素淨的衣服從浴室走了出來，宛如變了一個人。頭髮仍然蒼白，臉色好看多了，可以從她樸素又帶點苦命的蛋形臉龐上，略略想像出她年輕時的姿色，是應該不會太差的。她一走出浴室就連忙跟我道歉，說她已經把碗筷洗了，並謝謝我的款待，但是她沒有提要走的事。

「啊……請問你是不是要離開了？」我試探地問著。

「噢！對不起，關於這點，我能否再次向你請求，容許我借宿一夜，

1 「哈洛與慕德」（Harold and Maude）是一部黑色喜劇，講述一個怪異的年輕人，愛上了一位大他五十歲的老婦人的故事。

就一夜……我真的沒有地方可住……只住一夜，我就離開……只住一夜……拜託……拜託……」她用近乎哀求的姿態跟我請求。

「我……我……」雖然她比Harold and Maude電影中的那位老太婆好看一點，但我仍不知道怎麼回答他的請求。

「明早我就離開，我就在客廳打地鋪，不妨礙你的，就當我是個隱形人吧！」她緊接著說。

空氣好像凝結了一般。

「我會為你做早餐……。」最後她補充說。突然間，我好像看見古代人悠閒地坐在老太婆身後的遠處，跟我擠眼睛。

我再度陷入了沈默。

IX

第二天一早，我起床時，她已經在廚房為我做早餐。我看見餐桌上已經擺著洗好的草莓，我冰箱裡的鮮奶罐，一盤烤好的土司，一瓶果醬，兩個空杯子，兩個空盤子，兩副刀叉。同時，嗞嗞煎蛋的聲音從廚房裡傳了出來，我聞到了蛋和香腸的香味。

「早安！」

我一邊打招呼，一邊來到餐桌旁，看見她頭上打個髮髻，身披著她的灰色尼龍夾克，裡面穿著一件有黃紅藍各色花朵圖案的連身洋裝，也穿上了一雙白色運動的棉襪，一手握著鍋柄，一手拿著鏟子，修飾著荷包蛋的邊緣，以及翻弄滾動著噴油的香腸。

「噢！早安，對不起，我沒聽見你。」她鋪著歲月痕跡的臉上露出了難得的笑容。

「謝謝妳做早餐，我沒有什麼好東西……。」

「噢！不，不，要謝謝你，你的東西非常豐富，而且，你真是仁慈，上帝會祝福你的。」她充滿感情地說。

我們一起用了早餐，那是我多年來所沒有用過的那麼正式又溫馨的早餐。早餐中，她告訴了我她的遭遇。她十八歲就和男友私奔，逃離了感情不合的父母，和男友生了一個男孩，男友年紀也輕，根本不知如何養家，撫育小孩，整日酗酒，對她暴力相向。兩年後，他帶著小孩又逃離了男友，躲在朋友家一段日子，但是朋友後來也結婚了，所以她就帶著小孩投奔一個遠房的親戚，但待沒多久，她的親戚也過世了。為了養活兒子，她不得已成了妓女。

在那段靠肉體生活的日子裡，她存了一點錢，但因小孩常在聲色場所出入，所以不小心染上了毒，也入了幫派。後來，小孩漸漸長大，到了青少年時期，整天在黑色的大染缸裡打混，常常打架滋事，進出警局。不幸，在兒子十八歲時，終於在一次械鬥事件中，中槍死亡。自此，她生命中唯一的希望也喪失了。那時，她三十八歲。

接下來的日子，她開始過著流浪的日子。有朋友可倚靠的時候，她就會去待一陣子。有救助機構可投靠時，她就前去暫時歇息一宿，就這樣湊合著過了好長的一段日子。現在，又到了她的過渡時間，就是從一個接待所，轉移到另一個接待所的過渡期間。昨天晚上，我的家，竟成了她偶然寄宿的中途站。聽了她的故事，我不禁為她感到深深的哀傷。

那是一個充滿陽光的早晨，晶瑩的光線把我的客廳照得白花花般的透亮。我目送老太婆背著行囊，提著旅行箱，從我家門口離開時，我感覺她的眼角有點潤濕。不過，那也許是我的幻覺。

老太婆走後，我過了兩天安寧的生活。

第三天，門鈴又響了。是一個黑人年輕人來募款的，我打完招呼，表示了沒興趣後，來不及等他反應，就趕緊把門關上。

「你這是歧視……我要告你有種族歧視……」我聽見那黑人青年在房外大吼著。

井中的巨石

這世界像個大滾輪無聲無息地向前滾動著，不能說沒有聲息，只是世界上的人聽不見，也看不見它滾動的痕跡。

世界上的人都很忙碌，忙碌在各樣的事物、爭戰、抓奪、奮鬥、掙扎、努力裡面，那是理所當然的投入和努力，會讓人忘掉目的的努力，像有個墜入井裡的巨石，用繩子懸著，上端繫著人的脖子。陸地上的人身旁都有一口井，他們的脖子都繫著一根繩子，繩子的一端都導向井裡，有一股向下拉扯的力量拉住了路面上人的脖子，人們的脖子都承受著巨石的重量。人只有努力的向四方使力拉升，試圖把墜在井中的石頭拉上路面，如此，他才可以用桶取水來喝。

但是，為什麼每個人都拖著一塊墜在井中的石頭？是誰把石頭綁在人的脖子上的？沒有人知道，只知道，一張開眼睛，看見的就是這幅圖畫。有的人用雙手拉著繩子，雙腿撐在地上，像拔河比賽地拉著。有的用身體的重量坐在繩子上休息著，有的力不能支，已經被繩子拖到井邊，但還僵持著沒有鬆手。有的已經筋疲力竭躺在地上，雙手抓著脖子上繩圈，極力想鬆開繩索，或只是將它拉鬆一點以便喘氣，滿臉通紅的頭部就懸掛在井的岸邊。

真是一幅滑稽的畫面。哲生從白日夢中醒來，他發現他正坐在飯桌前發呆，剛吃完早餐，還沒有決定要做什麼事前，暫時坐在桌前冥想，讓自己沈靜、休息，好找到踏出第一步的方向與動力。近幾年，他發現，他必須知道每一天要做什麼，而且醞釀出動力去做，他才能真實的享受那一天的生活，那一天的生活就沒有白過，那一天的生活就實實在在的成為自己的一部份。要不，一天就會像空氣一樣的隨風飄去，和自己完全產生不了關係，成了白費的日子。究竟一生中，他有多少白費的日子？無法成為他紮實的記憶、內容、和實質？不知道，因為太多了，不勝計數，算了也是白費。

時間已是早上八點多，屋內仍有點昨夜留下的寒氣。在他還沒想起一天要如何開始前，他寧可以不變應萬變，維持不動。因此，他繼續發呆。漸漸地他想起，史蒂芬・金一個小說的結尾，一位受死亡的魔力迷惑而瘋狂的醫生，把剛剛被自己小兒子殺死的妻子埋在一個神秘的公墓裡，因為他相信那裡能讓死人復活。多麼令人毛骨悚然的故事，早晨就想起這樣的情節，似乎不太協調。但是，他無法抗拒那樣的情節，就像是有人在他眼前突然搭起了電影的銀幕似的，電影的情節就在他眼前的銀幕上演著。故事結束時，醫

井迎兆／攝

生的妻子滿身是泥，還帶著腐屍夾雜著泥土的臭味，走進了他們房屋，並且叫著她的先生：「親愛的……」。

哲生「哈哈」的一聲叫了出來，這太……太……嗯……太有隱喻的味道了吧，他想。人們能想像自己身邊的親人、日夜相處的妻子或先生，是個殭屍嗎？儘管他們是死而復活了？史蒂芬・金啊！你太有想像力了，虧你想得出來。哲生一邊在心裡讚嘆著，一邊心裡還是感覺毛毛的，儘管是個大白天。這是個什麼情境啊？愛妻子愛到一個程度，即使妻子變成殭屍也在所不惜。他想，怎麼有人會想出這樣的事來？別想了，別想了，他慫恿自己脫離井邊勒脖子和妻子變殭屍的心思。一會兒之後，冬日的陽光令他覺得這一天仍是很有希望的，他的心裡充滿了躍動的靈感和衝動，想要做點什麼似的。

於是，他打電話給泰羽，因為他有和人說話的衝動。

這些年，哲生認真過有信仰的教會生活。泰羽也是哲生教會裡的朋友，他們長年過著教會生活，常在教會裡和生活中碰面，有時也要為著教會的成長而討論和研擬方案。哲生和泰羽以及他們身邊許多教會裡的朋友，都是一邊忙碌地工作，同時也身負著牧養信徒和教會成長的責任。但是，今天哲生仍然覺得自己一無是處，有太多的不足與缺憾，除了早上和另一位教會裡的朋友俊雄在電話裡讀經時，俊雄提到哲生對聖經的分享，對他有點幫助，這才使哲生稍稍感到一絲絲的安慰外，其他時間，如果一不小心，哲生仍是很容易一下子就掉進虛無的深淵。哲生並不是隨時都是剛強的，軟弱時，他可能比被勒著脖子脹紅臉的井邊人還要狼狽。

泰羽接了電話才說了兩句話，就說他正在預備開會，不能說話，他會再抽空給他回電，然後匆匆掛了電話。為此，他感到了略略的沮喪，思路像電視突然斷訊，螢幕變成雪花一片一樣。

泰羽從事著高科技產業的工作，哲生可以體會他的處境，高科技3C電腦雲端等產業，是這幾年台灣最夯的產業，但在全球金融風暴中，也經歷了一樣的洗禮。人性的貪婪，終究要回饋給人類的本身，集體大眾的身上。哲生身邊每一個從事這個行業的人，都是早出晚歸，勞心勞力，以拋家棄子式地工作著。其他的行業，也難逃法網，都受了連累。這些年，所有人似乎都比前十年的人花更多時間在工作上。所以，如果人在工作之前還沒有結婚，那麼結婚的日子，不是無限延展，就是欠缺根基，極為短暫。在哲生身邊的人大都還是單身，因為他們根本沒有時間找尋伴侶，對於未來也完全沒有把握，好像都被工作的巨石給懸住了。

想恢復原有的衝動與活力，哲生為自己泡了一杯三合一拿鐵咖啡，端著杯子在六平方英尺大的客廳裡繞圈子。

他想到自己從二十年前回國到現在，因羨慕教會裡的夫妻關係和家庭生活的和諧，也為了挽救自己的婚姻，於是進入了教會生活。然後教會生活怎樣在無形中像盤根錯節似的藤莖將他牢牢繫住，好像是限制，但也是保護。然後他怎樣從瀕臨破裂的婚姻裡，逐漸破鏡重圓，然後他的家漸漸的成為可以幫助別的家建立和諧婚姻的模型，那過程竟像轉眼間的功夫就過去了。他想到他和妻子常在聚會中分享他們夫妻相處成功和失敗的經驗，以及私下到教友家探望、讀經、禱告、或提供諮詢，就是他們所稱的幫助。哲生也不知道，別人是否真實得到了幫助，他們只知道那是他們的使命，為神的國爭戰，幫助身邊的夫婦建立和諧的家，直到他們離開了人世。因為他們相信，每一個家都是神跟祂的敵人魔鬼打仗最主要的軍隊，所以幫助一個家建立成功，就是為神的國儲備一份戰力。真正成功的案例不算太多，因為神的敵人太厲害了，對家破壞的工作，真的超出他們的想像。而且，要維持他們自己婚姻的和諧，也耗費了他們大部分的精力，那直接影響了他們幫助別人的成效。

兩週前，他和妻子陪著俊雄夫婦，一同去探望他們的朋友欣台，一位高科技新貴。他是位軟體工程師，正陷在事業與建立家的兩難裡。說起家，其實他已經沒有屬於自己的家，說得更精確點，他從未擁有一個屬於自己

井迎兆／攝

的家。他和妻子分別住在他們自己爸媽的家，男方還帶著一個不滿一歲的嬰孩，他堅持要自己照顧小孩，從與他不合的妻子父母家中，把小孩給要了回來，然後夫妻分兩地的工作生活著。工作的時候，小孩就託給自己的爸媽照顧。他們這樣分居的生活，已經持續了半年。而哲生夫婦之所以要去探望他，是因為他們聽說這對年輕的夫妻鬧離婚了，這在他們心裡激起極大的危機感與不明挫敗的憤怒。不！每個家不應該是失敗的墳場，應該是成功的果園，這是他們的信念。

他們好不容易在窄小的巷道中下了車，哲生夫婦與俊雄的妻子燕莉一行三人先進了欣台家的院子，而俊雄開著車子在巷子裡找停車位。他們忐忑不安的走進了一棟像是重新建過，但也已有段時日的獨門宅院式的公寓建築。進了屋子，看見客廳裡擺設的卻是有如鄉下四合院式建築屋內的景象，整個房間內顏色黯淡，天花板只有微弱光度的日光燈，提供整個客廳的照明。客廳一面牆擺著神桌，有兩面牆擺著收藏茶壺與古董的大木櫃，椅子是那種只能正襟危坐的古代雕飾木椅，上面放著舊舊的座墊，這些椅子圍繞著一張巨大的木頭茶桌，上面擺著一個木頭的茶盤，茶盤上面與四周又放著十幾個倒滿茶水正培養中的茶壺。客廳的空間就全被這些物件佔滿，人所能活動的空間，僅剩一條從門口通往裡房的走道。一時間，哲生無法把科技新貴和像古董一樣的景色串連起來，兩者像麻雀與恐龍的系譜之間的間隔，怎麼連也連不起來。

三人站在屋子中心旁的走道上，對家中的擺設和物件都充滿了好奇與驚嘆地，站著四處張望。

「家裡有人嗎？」哲生問。

「爸爸在樓上，他今天沒上班。」欣台禮貌地回答。

「小孩呢？」哲生問。

「哦！也在樓上休息。」欣台明快地答著。

他們在滿足了對屋內擺設與氛圍的好奇與探索後，找椅子準備坐下。此時，俊雄也從外面回來了。對於坐的位置，他們也費了點時間和心思來安排。在有限而狹小的方椅子和大茶桌的縫隙裡，他們兩對夫妻，蹩腳地繞了一下，最後面對面的坐了下來，而欣台則坐在哲生的旁邊。

「你的情況究竟是怎麼了？可不可以跟我們說一下。」哲生問。

「我最後一次跟她通電話時，我是有心要跟她和好，但當她老是提到我願不願意付給她照顧小孩的費用時，我就會動怒了。」

「你們的孩子不是在你家裡嗎？」

「對！上次我去她媽媽家，硬是把我女兒抱了回來，我說我要自己照顧，不要他們照顧，如果夫妻照顧小孩都要算得這麼清楚，那還算什麼家？」

「你們中間有沒有第三者？」哲生妻子佩雯發出關鍵性的一問。

「沒有，據我所知是沒有……我們的問題不是因第三者。」欣台有自信的回答。

「那你們為什麼不住在一起？非要分住兩地，而且又都住在自己爸媽家？」

井迎兆／攝

「說實在，我有為難，我還在付我前妻贍養費，每個月的薪水，還沒拿到手，就先扣掉六萬塊，另外，我還要分攤爸媽家裡的生活費……」

「那她不能來你家住嗎？」

「她也有工作，她也不願辭職……」

「可是夫妻分開就是錯的呀！聖經裡面說：人要離開父母，與妻子聯合，二人成為一體。你們一定要有機會面對面真實坦承的溝通才可以呀！」哲生說得語氣有點高亢，好像鬱積在他裡面的山洪快要爆發了一般。

「你是男人，在家中你是一家之主，你一定得請個假，親自到太太家，面對面的溝通，不可以透過第三著，透過爸爸媽媽傳話，畢竟這是你們兩個人的事啊！」哲生越講越感覺裡面有股止不住的衝動，想要責備他。

欣台面色有點泛白，耳根泛紅地試著申辯。

「事實上，我有試著要跟她溝通，很有誠意的要跟她表白，但她總是說錢的事，你要怎麼養我？你怎麼付給我錢？一聽見這個，馬上讓我產生負面的想法，我也得保護我自己，不能像我第一次婚姻，認賠了事，我總要保護我自己啊！為什麼每次都是我讓步？」

屋裡的兩個女人都有共同的看法，哲生的妻子佩雯與俊雄的妻子燕莉，都分別提出了孩子的重要性，無論如何，為了孩子的幸福，讓孩子有一個媽媽，欣台就應該犧牲。佩雯甚至將自己當初因哲生外遇，決定與哲生分手時，突然想到兩歲的兒子，將來沒有了父親，是多麼可憐的事。所以，懸崖勒馬，在三十歲的出頭，咬著牙，回頭要了哲生，願意撇下前嫌，與他重新開始，他們婚姻維持到現在，竟比大多數的家庭都幸福，至少他們主觀的認定是如此。

一直冷靜沈默的燕莉，紅了兩個眼眶，有點激動的終於向欣台發出呼籲，像暴風來襲前海邊發出閃耀的光束的燈塔。

「欣台，為了你這個女兒，你一定要挽回這個婚姻，你知道小孩沒有父母是多可憐的事，沒有什麼比給小孩一個完整的家，在其中有爸爸和媽媽來得更重要了……我真的懇求你要努力挽回。」說完，燕莉從皮包裡拿出紙巾擦著眼淚。

兩天後，俊雄打電話給哲生，告訴他欣台雙方的父母槓起來了，女方提出離婚，欣台父母也同意，欣台當然首肯。哲生覺得這場仗好像他暫時被打敗了，而且戰事發展之迅速，戰蹟之慘烈，都超過他所能想像。可是，小孩呢？小孩怎麼辦？小孩為什麼要受這池魚之殃呢？難道神對受害的小孩也有特別的安排？不！這顯然不是神的安排，確確實實的是魔鬼的計畫，斷代滅種，是的，牠的計畫就是破壞家，讓人類斷代滅種。哲生感覺頭頂有一股憤怒的蒸汽升起，當然那是看不見的。

俊雄再次打電話來的時候，說起了他和燕莉之間的衝突。俊雄和燕莉的婚姻，都分別是他們的第二次婚姻。哲生覺得這是難能可貴的事，兩人都從失敗的過去，或是無法掌控的過去走過來了。但是，他們最近有了衝突，更精確的說，他們一直有衝突。衝突的事情都是看法與作法的差別，沒有太嚴重的事。而現在俊雄有點受不了了，所以打電話向哲生求救，他需要抒解，需要有一個可以認同他的對象。

哲生對於俊雄的感覺，深能體會。不過，要安慰他，還得有足夠的智慧呢！他一邊苦思話語，一邊嗯哼地回應著。最後輪到他說話了，他又遲疑了兩秒，然後像擊發半自動式步槍似地說出了下面的話。

「你要肯犧牲，就是肯死。你肯死，太太就活了，你不肯死，太太就死了。」

俊雄沈默著沒應聲。

「反正兩人衝突，不是你死，就是我亡，不是誰對誰錯的問題。想要都活，就得有一方先死，一方死了，另一方就活了，活的一方就可以幫助死的一方復活。如果你搶著要活，至終兩個人都會死，那就是兩敗俱傷，最大受益人就是魔鬼。」

俊雄若有所思地「嗯」了一聲。

「但死也要死得透，要真死，不是假死……對方才會真活。如果你假死，對方也只能半活。」哲生深怕自己講的道理被自己給扭曲了，他想到帶著死人味的殭屍在走路。

「啊！」俊雄又哼了一聲。

片刻後。

「那麼，如何讓自己能死得喜樂一點？死得乾脆一點？」俊雄發出了壯士斷腕般的問題。

「這個嘛！死的時候，固然痛苦，但復活的時候，就會有狂喜，因為那至暫至輕的苦楚，為的是要成就那永遠重大的榮耀。何況你們都是第二度婚姻，兩人胼手胝足，一齊走到今天，是件不容易的事啊，要為你已經擁有的感謝啊，不要太急於得到你所沒有的……」哲生有點驚訝自己竟說出這樣的話來，一點也不知道，這樣的話有什麼功效。

之後的幾天裡，哲生知道俊雄和燕莉和好了。哲生感覺心頭的巨石，頓然被卸下來了，他終於嚐到了在屢敗屢戰之後，所獲得極為寶貴的勝利的榮耀滋味。他想起史蒂芬·金小說中的一個景象，那個從墳墓裡爬出來，回家後用手術刀把媽媽給亂刀砍殺了的小男孩，又被自己父親壓倒在地上，極力掙扎著，他的臉一會兒變成了扭曲變形被車撞爛的人的臉，一會兒變成蒼白而驚狂的父親自己的臉，接著又變成一張野獸的臉，長長的下巴，陰冷的黃眼睛，吐著長長帶刺和鱗片的舌頭，疵牙裂嘴地發出嗞嗞的聲響。一番搏鬥後，父親用強烈毒劑朝著兒子的背部扎下去。兒子站起來，朝父親蹣跚走來，然後搖搖晃晃地倒了下去。

「退我後面去罷！魔鬼！」哲生對著空蕩蕩的客廳喊著。

井邊拉著巨石的人們，有一個人正捧著水桶飢渴地喝著水，有水從他的嘴角溢出，滴在地上，濺起地上的塵土像煙一樣地飄散。

此時，世界的大滾輪又默默地向前轉動了一吋，發出了「喀」的一聲。

時間是十一點半，屋內寒氣已快散盡。在不知不覺間，太陽已經升到了陽台正前方，陽光把世界照得像鏡子一樣明亮。哲生喝了口已經冷掉的咖啡，走到落地窗陽光灑落在地板上的位置，把自己暴露在溫煦的光線下，仔細望著窗台上的盆景。他的貓不知何時悄悄地來到了他的腳邊，用牠扁平的頭來回蹭著他的小腿。他心想著，什麼時候，也該給缺乏營養的植物，上點肥料了。

三條腿的狗的際遇

我最近的遭遇有點奇怪，就是，我常與三條腿的狗相遇。見到他們時，第一個反應就是，哇！好恐怖，居然還活著，並且能跑。他跑時，一蹦一蹦的，身體上下搖擺得相當劇烈，不只頭不暈眩，而且好像能一面跑一面對前面的路，拼命的點頭說：「是的，是的，你說得很對。」這樣地跑著。我在驚訝之中，還摻雜著心疼的感覺，有種骨折的疼痛與酸麻感在大腿中縈繞著。

第一次的相遇，就在我家樓下。我看見一隻白色活潑的狗，在我眼前奔跑。他沒有右腿，像給電腦動畫師硬生生的用畫筆塗掉了似的。他的活力並不減於四條腿的狗，像個在慢跑中健朗的中年人，還帶點稚氣，面帶笑容的跟我點頭。

「你好！」我跟他招手。

「好，你也好！」他用他上下擺動的頭說。

「你有主人嗎？」我好奇的問。

「有，有，他就在前面。」他的頭繼續上下擺動，好像在告訴我他主人的方向。

我往他奔跑的方向望去，看不見一個人影。

「你們要去哪裡？」我回頭把握那短暫的時間繼續問。

「沒空了，下次再見。」言猶在耳，狗已消失了蹤影。

我望著那遠去的狗的身影，佇立在原地，陷入沈思良久。

第二次的遭遇是有一次我在山上開車，驚見路旁臥著一隻黑色的三條腿的狗，他失去的是左腿。他安靜的臥在路旁，似乎注意到我對他好奇眼神。我把車停在狹窄的山路旁，打開車窗。

「你還好嗎？」有種骨酸的感覺在我大腿窩處游動。

他看了看我，有點驚訝地抬起頭來。

「嗯！還可以，謝謝你的問候。」

他用雙手支起上身，用單一的右腿費力地站了起來。

「喔！不用麻煩，你坐著……坐著就好。」我趕緊告訴他。

「沒關係，我也休息的差不多了，也該站起來活絡一下筋骨。」他把頭向前伸展，單一的右腿向後筆直屈伸，打了個哈欠，舌頭舔了下齜裂的上下嘴唇。

「你每天都在這裡嗎？」我問。

「對！我天天都在這裡，我出生在這裡。」他很認真地回答。
「那我怎麼今天才看見你？我每天都經過這裡啊。」我說。
「不會錯的，我每天都在這裡，我也常常看見你的車子經過。」
「你常常看見我的車子經過？」我詫異地問。
「對啊！你原來開的是福特嘉年華，外貌有點老舊了。不過，一年前，你換了一部福特Focus的車，對吧。」
「對呀！你怎麼知道？你對每個經過你身邊的人，都記得住嗎？」
「不見得都記得住，但對常打量我們的眼睛，我記得特別清楚，喔！對了，對那些給我送食物的人，會記得特別清楚，他們在五百公尺以外，我就能感應到他們的存在了。」
「你的腿怎麼沒了？」我終於鼓起勇氣地問。
「我就知道你要問這問題，我本來就快忘了這恐怖的記憶，你竟然又來碰觸這傷心的話題。」
「不好意思，如果你不方便說，不要勉強……真的。」我有點汗顏地回答。
他靜默了一會，甩了下頭，把想要停在他鼻子上的蒼蠅趕走。

「搔癢是極大的困難，簡直難以忍耐，只能在地上拖磨。不過，我總算勝過了這樣的軟弱，我想，三條腿活著，總比四條腿死了好。」

「你是怎麼受傷的？」我再次提問。

「啊，是的，這是個關鍵性的問題，可是你為什麼要知道呢？」他反問。

「嗯……因為你是我遇見第二位三條腿的狗，第一位我來不及問，所以不想錯過第二位有相同遭遇的狗。」我辯解道。

「有跟我一樣遭遇的狗？」他詫異地問。

「對！前幾天我才碰到。」

「好吧！這證明了無論在世界那個角落，都存在著有相同命運的狗。我想，我應該為此感到慶幸吧。」他陷入了短暫思索性的靜默。

「能告訴我，你是怎麼受傷的嗎？」

「喔！這件事其實我也不是非常清楚的，說來你也許不相信，可是，我在一陣劇痛中醒來時，就看見一條血肉模糊的大腿橫躺在街上，我轉頭一看自己的身體，發現被甩在路中的腿，竟然就是我自己的腿，當時，我根本不敢相信自己的眼睛。」

鄭真堯／繪

「你怎麼活過來的呢？」

「有個好心人，停下來，把我抱上了車，送進了動物醫院，醫生為我打了針，我就昏睡了過去。不知過了多久，我醒來時，又躺在我受傷路邊附近的草叢裡，附近還有一個紙盒，裡面裝滿了食物，我飢餓了就起來吃，累了就睡，醒了又吃，吃了又睡，就這樣不知過了多少天，我的傷口慢慢復原了，我試著用三條腿走路，發現還行，只是平衡感和速度都比不上原先的狀況，但是我又有什麼可抱怨的呢？」

我離開他時，他用眼尾的餘光看著我，身體向左側躺，上下移動，好摩擦肋骨一帶的皮膚，雙手像袋鼠一樣無力的懸著，右腿的爪子刮弄著地面，身子微微循著逆時鐘方向旋轉著。

第三次遭遇，是在電視上。是的，在電視上。我看見一隻三條腿的長毛狗出現在電視節目裡，他是劇中主角的寵物。他在劇中的角色是作為男主角獲取女主角同情心的工具。但是，在故事裡，男主角並沒有因擁有這隻三條腿的狗而獲取女主角的芳心。

我望著在電視螢幕裡一瘸一瘸跳躍著前進的那隻體型比前兩隻都更嬌

小的狗發楞，他跳上了電視中客廳場景裡的沙發上坐下，轉頭看著我。我注意到他的左手不見了。

「你好！」他向著電視螢幕外的我打招呼。

「你在跟我說話嗎？」我有點驚訝，他竟然留意到我正關注他沒有完整四肢的這件事。

「當然是跟你說話，不然跟誰？」他從電視中直視我的眼睛。

「你也會說人話？」剎時，我為自己奇怪的問題感到奇怪，我前幾天才和一隻三條腿的狗對話過。

他看了看我。

「不是我會說人話，而是你會說狗話吧！」他調侃地說。

「不敢，不敢，謝謝你看得起我，願意跟我談話，我真的求之不得。」我感受到某種溫柔的鼓勵，猶豫了會後說。

「問吧！」他直截了當地說。

「你知道我想問你問題？」

「對！問吧！」他再次肯定地說。

我思索了片刻後。

「請問你的手怎麼不見了？」我囁嚅地問。

「為了節目劇情的需要，被鋸掉了！」他毫不猶豫地說。

「不是開玩笑的吧？」我張口結舌地問。

「騙你的啦！是有一次為了救一位老太婆，而被汽車撞斷了手，然後被醫生截肢了。」他乾脆地解釋道。

「那你是怎麼救了那位老太婆的？」我應聲問道。

他放慢了講話的速度。

「那天，那老太婆正過街的時候，她蹣跚的走在斑馬線上，不過步伐太慢了，眼見一輛風馳電掣的黑色跑車從遠處奔馳而來，就在千鈞一髮之際，我飛躍上老太婆的大腿上，往前一推，老太婆向後坐倒在地，而我卻被汽車撞飛到二十呎之外，肋骨斷了四根，前手臂粉碎性骨折，必須截肢。手術後，就成了我現在的樣子了。」

他多毛的臉上，宛如綻露了一種像放了一個憋了很久的屁一樣舒爽的表情。

我不知如何接話地看著電視裡的他。

沒有等我回過神來，他又開始說話。

「謝謝你的追問，讓我有一吐為快的機會。我得回到我主人那裡了，再會！」

說完，他就跑到劇中男主角的身邊，男主角一把將他抱起，親吻他的臉，故事繼續進行，好像我不存在一樣。

第四次的遭遇，是在我回家的路上。我看見一隻穿著紅白條紋相間毛衣的三條腿的狗，他也是白狗，也失去了右腿。這讓我想起的第一個念頭就是，他是不是就是那隻我第一次遇見的三條腿的狗呢？畢竟，人生中要遇見三條腿的狗的機會並不太多啊。

我特地停下車來，設法要把車安全地停在路邊。只是，在市區裡要找個停車的地方，還真不容易，只要你能找到大約可以停車的空間，不是被像已停放了二十年，蒙上一層厚厚灰塵的車輛佔據著，就是被各樣盆景雜物，或者成排的體無完膚的摩托車霸著。

在三百公尺之外的地方，我把車停在一個巷道的出口，那是唯一我可以暫時停車的地點。停好車後，我用慢跑的方式來到那隻穿著毛衣的狗的旁邊，站在路邊的屋簷下。他身上拴著狗鍊，臥在地上，身下還有個狗墊。

「嗨！」我跟他打招呼。

「嗨！你好。」他有禮貌地回應。

「我們是不是見過面？」我問。

「沒錯，我們見過面，上次失禮了，沒時間跟你長談。」他語帶溫和的氣息。

「上次你為什麼急著離開？」我問。

「因為我主人的媽媽身體不便，我得準時回家，免得她擔心。」狗答道。

「你主人的媽媽生病了？」我問。

「不是，她過度憂傷，在家休養。」

「發生了什麼事？」

「他的兒子，也就是我的主人，死了……。」他眼露哀傷的神情。

「為什麼？」

「車禍，有一次，我主人開車載我出外遊玩，被卡車追撞，我主人被夾死在車裡，而我的腿也被夾在車裡。」他回頭舔了舔他的大腿窩。

「哦！主耶穌！」我不由自主地呼喊著，骨酸的感覺又從大腿窩升起。

「從那日之後，我就只能單獨出去，我主人的媽媽規定我，一次出遊只能半小時，為了不讓她擔心，我總是準時回家。」

他安靜了一會。

「我好懷念跟主人一齊出去玩球的日子，他是那樣充滿陽光氣息的男孩，想到他那開心喜樂的表情，我就要手舞足蹈的在他四周奔跑，我太享受那種完全釋放和自由的空氣，一無掛慮……。」他的形容讓我嘆為觀止。

正當我陶醉在他的回憶中時，一聲聲急促的喇叭聲從遠處傳來，啊！我心頭一驚，想起我停車的位置擋住人了。我匆匆的跟那隻和善的狗道別，轉身就跑。當我來到我停車的地方，被卡在巷子中車裡的司機，開始破口大罵。

「沒長眼睛啊！停在這裡！」

「對不起，對不起，馬上走，馬上走。」我連忙打恭作揖地賠不是，一骨腦兒的鑽進車裡，快速把車開走。

驚魂甫定後，在夕陽的餘暉中，我怦然跳動的心裡，竟浮現起三條腿的狗縱身飛躍，以嘴接住飛盤的慢動作瀟灑姿勢的畫面。

釀文學120　PG0827

巨型水珠
──井迎兆小說選

作　　者　井迎兆
責任編輯　鄭伊庭
圖文排版　郭雅雯
封面設計　陳佩蓉

出版策劃　釀出版
製作發行　秀威資訊科技股份有限公司
114 台北市內湖區瑞光路76巷65號1樓
電話：+886-2-2796-3638　傳真：+886-2-2796-1377
服務信箱：service@showwe.com.tw
http://www.showwe.com.tw
郵政劃撥　19563868　戶名：秀威資訊科技股份有限公司
展售門市　國家書店【松江門市】
104 台北市中山區松江路209號1樓
電話：+886-2-2518-0207　傳真：+886-2-2518-0778
網路訂購　秀威網路書店：http://www.bodbooks.com.tw
國家網路書店：http://www.govbooks.com.tw
法律顧問　毛國樑　律師
總 經 銷　聯合發行股份有限公司
231新北市新店區寶橋路235巷6弄6號4F
電話：+886-2-2917-8022　傳真：+886-2-2915-6275

出版日期　2012年11月　BOD一版
定　　價　360元

國家圖書館出版品預行編目

巨型水珠：井迎兆小説選 / 井迎兆著. -- 一版. -- 臺北市：釀出版, 2012.11
面； 公分. --（釀文學）
BOD版
ISBN 978-986-5976-67-5（平裝）

857.63 101017554

讀者回函卡

感謝您購買本書，為提升服務品質，請填妥以下資料，將讀者回函卡直接寄回或傳真本公司，收到您的寶貴意見後，我們會收藏記錄及檢討，謝謝！

如您需要了解本公司最新出版書目、購書優惠或企劃活動，歡迎您上網查詢或下載相關資料：http:// www.showwe.com.tw

您購買的書名：________________________________

出生日期：________年________月________日

學歷：□高中（含）以下　□大專　□研究所（含）以上

職業：□製造業　□金融業　□資訊業　□軍警　□傳播業　□自由業

□服務業　□公務員　□教職　□學生　□家管　□其它____

購書地點：□網路書店　□實體書店　□書展　□郵購　□贈閱　□其他

您從何得知本書的消息？

□網路書店　□實體書店　□網路搜尋　□電子報　□書訊　□雜誌

□傳播媒體　□親友推薦　□網站推薦　□部落格　□其他________

您對本書的評價：(請填代號　1.非常滿意　2.滿意　3.尚可　4.再改進)

封面設計____　版面編排____　內容____　文／譯筆____　價格____

讀完書後您覺得：

□很有收穫　□有收穫　□收穫不多　□沒收穫

對我們的建議：________________________________

____

____

____

請貼
郵票

11466
台北市內湖區瑞光路 76 巷 65 號 1 樓
秀威資訊科技股份有限公司 收
BOD 數位出版事業部

（請沿線對折寄回，謝謝！）

姓　　名：____________________　年齡：________　性別：□女　□男

郵遞區號：□□□□□

地　　址：____

聯絡電話：(日) ____________________ (夜) ____________________

E-mail：____